Alpha Helix – Schwingen der Nacht

Lara Steel

Kontakt: lara.steel.mail@gmail.com
Twitter: steel_lara
www.larasteel.de

ISBN-13:9781542596466

ISBN-10:1542596467

Urban Fantasy

Revenge

Revenge Carter saß auf dem Beifahrersitz ihres Jeeps und wünschte sich sehnlichst eine Sitzheizung. Das New Yorker Wetter im Februar war etwa so angenehm wie ein Eisbad im Himalaya.

Sie rieb die fröstelnden Hände ineinander und blies in ihre Faust, um die tauben Finger zu beleben.

Calebs Grinsen neben ihr spürte sie eher, als dass sie es sah. Als sie den Kopf zu ihm drehte, gab er ein Achselzucken von sich. Seine geschlitzten Pupillen waren im Halbdunkel oval und als sein Lächeln ein wenig breiter wurde, blitzten die Spitzen seiner Eckzähne unnatürlich weiß und scharf hervor.

Obwohl sie diesen Mann liebte, dessen DNA mit dem Genmaterial einer Katze verändert worden war und ihn zum perfekten Killer gemacht hatte, begriff sie in diesen Momenten, warum so viele ihrer Zeitgenossen kreidebleich rückwärtsstolperten, wenn sie ihn im falschen Moment zu Gesicht bekamen.

Sie konnte von Glück sagen, dass sie ihn gefunden hatte und dass sie sich liebten. Es hatte sie beide geheilt.

„Er wird nicht auftauchen“, erklärte Caleb, wie schon so oft in den vergangenen Wochen, die sie mit der Suche nach Hawk Dawson verbracht hatten.

Hawk Dawson war wie Caleb genveränderter Träger der Alpha Helix. Es hatte sie Monate gekostet, seinen Namen herauszufinden, und nun setzten sie alles daran, dass er den skrupellosen Wissenschaftlern, die ihn wieder in die Hände bekommen wollten, nicht ins Netz ging.

Hawk

Hawk Dawson zurrte die Gurte seines Rucksacks fest und warf einen prüfenden Blick hinter sich, der eigentlich unnötig war, zumal ihm auf dem Weg, den er genommen hatte, niemand folgen konnte; zumindest kein Mensch.

Dann sah er auf seine zerkratzte Plastik-Armbanduhr. Es war fast halb zwei Uhr nachts. Sein Magen knurrte, als er aus dem Schatten über die Straßenkreuzung blickte, hinüber zum Diner, das rund um die Uhr geöffnet hatte.

Er steckte die schlanken Finger in seine Hosentasche und zog seine spärliche Barschaft heraus. Der Kerl, dessen Brieftasche er heute Abend *aktiv gefunden* hatte, war ein totaler Reinfall gewesen.

Trotz arrogantem Gehabe und Armani-Brille keine zehn Dollar Bargeld.

Aber für eine Mahlzeit würde es wohl reichen.

Wie sehr er es hasste, sich mit kleinkriminellen Raubzügen über Wasser halten zu müssen. Aber anders wäre es für ihn viel zu gefährlich gewesen; regelmäßig zur Arbeit an einem Ort zu erscheinen oder mit einem Menschen eine engere Bindung einzugehen: unmöglich.

Beim letzten Teil seines Gedankens sah er wieder zum Diner hinüber und beobachtete Shelley, die hinter dem Tresen gerade frischen Kaffee aufbrühte.

Dank seiner Augen war es kein Problem für ihn, die kleinen Perlen zu erkennen, die sie sich in die krausen, schulterlangen Haare gesteckt hatte, oder auch das fröhliche Leuchten auf ihren dunkelbraunen Wangen, als einer der Gäste ihr offenbar einen Witz erzählte.

Fast jede Nacht kam er zu ihr in dieses Diner, fast jede Nacht sehnte er sich danach, mehr zu sein, als das, was er nun einmal war; oder weniger. Das kam wohl auf den Standpunkt an.

So oder so war der Begriff Normalität für ihn nichts weiter als ein Wunschtraum. Und das galt sowohl für seinen Alltag, wie auch für die Gelegenheiten, wo die Kerle, die seine Mom vor acht Jahren ermordet hatten, es wieder und wieder schafften, ihn aufzuspüren.

Seit er in New York war, der Stadt, die niemals schlief, hatten sie ihn noch nicht entdeckt. Oder – er zog das Kärtchen, das ihm die kleine, dunkelhaarige Frau mit dem flatternden Herzschlag und den schweißnassen Handflächen gegeben hatte – vielleicht ja doch.

Er würde sich am Morgen in ein Internetcafé setzen und ihren Namen googeln. Auch wenn das, was sie erzählt hatte, unglaublich schien, so war sie wohl trotzdem keine von den skrupellosen Killern und Schlägern, die ihm sonst auf den Hals gehetzt wurden. Dafür war sie einfach zu nervös gewesen.

Sein grimmig knurrender Magen unterbrach seine Gedanken.

Er rückte die Brille auf seiner Nase zurecht und überquerte mit einem Seufzen die Straße.

Als die Türglocke sein Eintreffen verkündete, hob Shelley den Blick. Ihr Strahlen war für Hawk wie das wärmende Licht der Sonne. Es überstrahlte alles, vertrieb die trüben Wolken aus seinen Gedanken und ließ ihn für kostbare Augenblicke, seine traurige, aussichtlose Existenz vergessen.

„Hey, Hawk“, rief sie mit ihrer vollen, süßen Stimme. „Kaffee?“

Er lächelte.

Obwohl fast jedes Geräusch seine empfindlichen Ohren schmerzte, konnte er nicht genug davon bekommen, sie zu hören. „Gern."

Er setzte sich an den Tresen und warf einen abschätzenden Blick zu dem Kerl, der vier Hocker weiter einen Berg Fritten inhalierte.

Sein Herz schlug zu schnell, zu laut und zu aufwendig. In seinem Kopf war ein dumpfes Pochen, das nichts Gutes verhieß.

Um das Leben seines Nebensitzers zu verlängern, hätte er ihm wohl zu Salat raten sollen. Aber – das wusste er aus leidlicher Erfahrung – um sein eigenes Leben zu verlängern, unterließ er solche Äußerungen lieber.

Menschen konnte man nicht ändern. Sie waren stur und rücksichtslos.

„Hier, bitte." Shelleys Hand, die einen dampfenden Becher Kaffee unter seine Nase schob, unterbrach seine Gedanken. „Und den hab' ich dir aufgehoben. Die magst du doch so gern."

Mit einem Strahlen, bei dem sein Herz höherschlug, stellte sie einen kleinen Teller neben die Tasse, auf dem ein Vanilledonut lag. Der Geruch stieg ihm in die Nase, nach Zucker und sattem Vanillearoma und ließ ihn leise seufzen.

Es war verdammt schön, dass es jemanden gab, der an ihn dachte. Am liebsten hätte er sie wissen lassen, dass diese Gedanken auf Gegenseitigkeit beruhten, doch das wäre aussichtslos gewesen und hätte zumindest ihn noch mehr gequält als die Distanz, mit der er sich sein Leben lang würde kasteien müssen.

„Das ist lieb von dir!", sagte er. „Danke!"

Sie nickte auffordernd. „Na, los! Beiß rein!"

Nun musste er grinsen. Als er den fluffigen Donut griff, entstand eine kleine Puderzuckerwolke. Er hob ihn an seine Lippen und nahm einen herzhaften Biss, dem das halbe Gebäckstück zum Opfer fiel.

„Fuppa legga!“, brachte er mit vollem Mund hervor, woraufhin Shelley freudig auflachte.

Dann hob sie die zarte Hand an sein Gesicht und strich ihm den Zucker weg, der sich wohl großzügig über Lippen und Wangen verteilt hatte.

Unwillkürlich hielt er den Atem an, als ihm der Geruch ihrer Haut in die Nase steigen wollte. Er kannte die Wirkung. Das Herzrasen, die feuchten Handflächen und das Beben in seinem Körper, das ihm mitteilte, wie kurz er davor war, sich zu transformieren. Das wäre verdammt schlecht gewesen in diesem Moment; und gleichzeitig das sichere Ende dieser zarten Bekanntschaft.

„Hey, Süße!“, röhrte Hawks Nebenmann. „Hör auf, den Jungen zu begrapschen und gib mir lieber noch einen Kaffee.“

Shelleys Lächeln verschwand. Mit einem Augenrollen, das nur Hawk sehen konnte und sollte, drehte sie sich dann herum zur Kaffeemaschine und wieder um zu ihrem wenig höflichen Gast. Sein Teller war mittlerweile leergeputzt.

Nicht eine einsame Fritte hatte das Cholesterin-Massaker überlebt.

Shelley schenkte dem Kerl Kaffee nach und fragte, ob sie das Geschirr abräumen sollte.

„Klar, was soll ich noch damit?“, war die wenig freundliche Antwort.

Shelley griff wortlos nach seinem Teller. Leider verselbständigte sich dabei die Gabel, die darauf gelegen hatte, rutschte über den Rand und direkt in den Kaffeebecher, der mit einem Scheppern umfiel und seinen dampfenden Inhalt über den Tresen und offenbar auch über die Hose des Gastes spuckte, der mit einem lauten Fluch zurückfuhr.

„Verdammt nochmal, ihr Nigger seid doch zu blöd für alles!“, rief er aus.

Hawks Muskeln spannten sich an, während Shelley geschockt erstarrte.

Gerade als sie eine Entschuldigung stammeln wollte, schimpfte der Kerl weiter, der mit einem Stapel Servietten seine Hosenbeine versuchte zu trocknen.

„Na, steh da nicht dumm rum. Besorg mir ein Handtuch oder irgendwas!“

„Sie sollten die Lady in Ruhe lassen, Sir!“, erklärte Hawk drohend, versuchte trotzdem ruhig zu bleiben. „Es war ja keine Absicht!“

„Mir doch scheißegal, ob das Absicht war. Wenn die Kleine zu dämlich ist, einen Teller wegzunehmen, dann ist sie vermutlich zu allem zu dämlich.“ Er nickte in Richtung Shelley. „Du solltest dir einen anderen Job suchen! Mit den Titten und dem Arsch kannst du sicher auch Geld verdienen, ohne dass du Kaffee servieren musst!“

Es dauerte weniger als einen Wimpernschlag lang, da war Hawk emporgeschossen und hatte den Dreckskerl zu Boden gerissen.

Seine halbtransformierten Finger bohrten sich sehnig und mit unnatürlichen Nagelspitzen in die Kehle des Kerls unter ihm, dessen Herzschlag bedrohlich anschwoll.

„Verzieh dich, du Schweißkerl!“, knurrte er.

„Hawk, nicht!“, rief Shelley hinter ihm und klappte den Tresen hoch, um zu ihm zu eilen. Er spürte ihre Hände auf seinen Schultern, beschwichtigend und ängstlich. „Ich darf keinen Ärger kriegen! Ich brauche den Job!"

„Den kannst du jetzt schon vergessen!", keuchte es aus Fußbodennähe, woraufhin Hawk seine Krallen noch etwas tiefer in seiner Haut versenkte. Ein dünnes Rinnsal Blut floss in seinen Nacken, das Shelley nicht sehen, aber Hawk riechen konnte.

„Wenn du ihr Ärger machst, dann finde ich dich", drohte Hawk grimmig. „Und dann wirst du dir wünschen, mir nie begegnet zu sein!"

Der Kerl holte mit einem wuchtigen, aber doch schnellen Schwung aus, um Hawk seine Faust ins Gesicht zu schlagen.

Natürlich war er viel zu schnell, um sich treffen zu lassen, doch die Brille rutschte ihm von der Nase und fiel mit einem Knacken zu Boden, das nichts Gutes verhieß.

Ebenfalls nichts Gutes verhieß der Blick des fetten Kerls unter ihm. Er veränderte sich. Die grimmige Wut schlug in etwas um, das Hawk schon viel zu oft gesehen hatte. Verwunderung, Fassungslosigkeit und dann Panik.

„Was zum -?"

Hawk wusste sofort, dass er seine Augen gesehen hatte; seine Augen, die kohlrabenschwarz waren und in denen es nichts Weißes gab.

Er fuhr auf und stolperte einen Schritt zurück, prallte dabei mit Shelley zusammen, die sich gerade noch fing, bevor sie zu Boden ging.

„Tut mir leid", stammelte er und peilte den Ausgang des Diners an, ohne einem von beiden in die Augen sehen zu müssen. „Ich … muss los."

„Hawk!", rief Shelley. „Hawk, warte doch!"

Doch nichts durfte ihn aufhalten, als er zur Tür stürzte,

über die Straße lief und in der nächsten dunklen Gasse verschwand, um das zu tun, was er seit über zwanzig Jahren tat: verbergen, wer und was er wirklich war.

Shelley

Shelley wischte mit dem Lappen die Theke sauber und trocknete mit einem Geschirrtuch nach, bis all die hässlichen braunen Tassenränder und Krümel weg waren. Es war kurz vor sechs Uhr morgens. Gleich würde ihre Schicht vorbei sein und selten hatte sie das so herbeigesehnt wie in dieser Nacht.

Ihre Füße schmerzten, ihre Waden brannten und die bleierne Müdigkeit, die sie verspürte, rang ihr ein Gähnen ab.

Wenigstens hatte sich ihr Puls wieder genug beruhigt, dass überhaupt Müdigkeit aufkommen konnte.

Nach dem, was mit Hawk und dem Arsch, dem sie den Kaffee über die Hose geschüttet hatte, passiert war, dachte sie, ihr Puls würde nie wieder unter 150 sinken.

Sie schüttelte den Kopf. Als Rassist brauchte man sich in Brooklyn nun wirklich nicht sehen lassen. Und auch wenn sie derlei Sprüche schon öfter gehört hatte, versetzte es ihr doch jedes Mal einen Stich.

Umso mehr freute sie sich, dass Hawk versucht hatte, sie zu verteidigen.

Sie lächelte, während sie die Glaskanne der Kaffeemaschine auswusch.

Jedes Mal, wenn er vor ihr stand, setzte ihr Herz aus. Und dabei spielte es überhaupt keine Rolle, dass er immer diesen Wanderrucksack trug und dazu diese getönte Brille, die es ihr immer schwermachte, seine Mimik zu deuten.

Irgendetwas war an ihm, dass sie wie magisch anzog. Irgendetwas an ihm war von Grund auf … geheimnisvoll.

Das Klingeln der Türglocke riss sie aus ihren Gedanken.

„Hey, Shelley!“

Sie lächelte. „Ich bin wirklich froh, dich zu sehen, Laura.“

Ihre Wachablösung knöpfte ihren dicken Wintermantel auf, während sie näherkam. „Schlimme Nacht gehabt?“

„Ein Kerl hat Ärger gemacht, dem ich aus Versehen den Kaffee verschüttet habe!“

Laura schüttelte den Kopf, wobei ihre üppigen dunklen Locken um ihr rundes Gesicht tanzten.

„Arschloch!“, erklärte sie und Shelley nickte.

„War denn dein geheimnisvoller Gast auch wieder da?“

„Ja, er wollte mich vor dem Kerl verteidigen.“ Unweigerlich musste sie lächeln. „Mein Ritter in schimmernder Rüstung.“

„Du meinst wohl, mit schimmerndem Rucksack“, erklärte Laura mit einem Augenzwinkern.

„Du bist ziemlich unromantisch.“

„Ich bin Realistin.“

„Na, sag ich doch.“

„Shelley, Ritter in schimmernder Rüstung gibt es eben nicht. Und Märchen werden nie wahr. Oder was glaubst du, was er in dem Rucksack hat, den er da immer mit sich rumschleppt?“

„Das bleibt wohl ein Geheimnis“, gab sie leichthin zurück. Allerdings hatte sie selbst schon einige Male darüber nachgedacht und glaubte – wenn sie ganz ehrlich zu sich selbst war –, dass Hawk obdachlos war und in dem Rucksack schlichtweg all seine Habseligkeiten mit sich herumtrug.

Der Gedanke machte sie traurig. Sie seufzte und ging zur Garderobe, nahm ihre Jacke herunter und ihren dicken

Wollschal, den sie sich so oft um den Hals wickelte, bis nur noch alles oberhalb der Ohrspitzen zu sehen war.

Dann verabschiedete sie sich von Laura und verließ das Diner.

Es war schon viertel nach Sechs, aber zu dieser Jahreszeit war es trotzdem noch stockdunkel; so dunkel es in New York eben werden konnte. Der Wind pfiff um die grauen Häuserecken und die Feuchtigkeit des Schneematsches fraß sich in ihre zu dünnen Schuhe.

Es waren nur zwei Blocks bis zur U-Bahn-Station. Aber sie hasste es trotzdem, allein durch die Nacht zu schleichen. Da hätte sie einen Ritter in schimmernder Rüstung wirklich gut gebrauchen können.

Mit angespannten Schritten und jetzt schon eiskalten Zehen hatte sie die Hälfte des Weges bald geschafft. Irgendwo klapperten Mülltonnen in der Straße hinter ihr. Sie fuhr zusammen und entspannte sich erst wieder, als sie die streitenden Katzen hörte, die den Tumult wohl verursacht hatten.

Bei diesen Gelegenheiten nahm sie sich jedes Mal vor, die Tagschicht übernehmen zu wollen. Aber die Nachtschicht war einfach besser bezahlt und da ihr niemand Miete und Essen schenkte, blieb ihr keine Wahl.

Als das Ende der Straße in Sichtweite kam, wollte sich bereits Erleichterung einstellen, doch das Gefühl verpuffte sofort, als sie hinter sich Schritte hörte.

Shelley war in New York geboren worden und wenn irgendjemand in einer dunklen Gasse hinter einem herging, dann drehte man sich nicht um. Nein, man straffte die Schultern und setzte seinen Weg energischen Schrittes fort.

Und nicht weglaufen!

Auf keinen Fall weglaufen!

Es waren höchstens noch dreißig Meter bis zum Ende der Straße. Das würde sie schaffen. Das –

Shelley stockte, als es plötzlich zwei Personen zu sein schienen, die hinter ihr herliefen.

Sie wollte sich nicht umdrehen, doch sie konnte einfach nicht anders. Einen schnellen Blick über die Schulter werfend erkannte sie zwei Männer, die ihr folgten. Ruhig, aber zielstrebig.

Panik kroch in ihren Körper und sie drehte sich wieder nach vorne.

Der Plan war, den restlichen Weg mit ein paar schnellen Laufschritten hinter sich zu bringen in der Hoffnung, dass sie vor der U-Bahn-Station auf andere Leute treffen würde.

Doch plötzlich trat jemand vor sie und versperrte ihr den Weg.

Shelley stolperte rückwärts, doch die beiden anderen Männer schlossen schnell auf.

Sie war umzingelt. Sie … saß in der Falle.

Hastig kramte sie in ihren Taschen, förderte Portemonnaie und Telefon zutage.

„Sie … sie können alles haben. Nur bitte, lassen Sie mich in Ruhe!“

Der, der vor ihr stand, ein Schrank von einem Kerl, lächelte wölfisch.

„Wir wollen dein Geld nicht, Schätzchen!“

Ihre Knie wollten wegsacken und vor ihren Augen tanzten bunte Punkte. Wenn die Kerle sie vergewaltigen wollten …

„Bitte …“, hauchte sie. „Bitte, lassen Sie mich gehen!“

„Vielleicht lassen wir dich gehen“, sagte einer der beiden Männer hinter ihr. Sie wirbelte herum. „Sag uns, wo er ist!“

Sie schüttelte ahnungslos den Kopf. „Wer denn?"

„Der junge Dawson."

„Hawk?", fragte sie fassungslos. „Was … wollen Sie denn von ihm?"

„Wenn du weiterleben willst, sollte dich das nicht interessieren. – Also raus mit der Sprache, wo ist er?"

„Ich weiß es nicht!" Ihre Stimme bebte und sie sah von einem der Männer zum nächsten. Keiner von ihnen schien ihr zu glauben. „Ich weiß es wirklich nicht! Ich schwöre es!"

„Ihr seid ziemlich vertraut miteinander", stellte nun der dritte fest. „Es fällt schwer zu glauben, dass du wirklich keine Ahnung hast, wo er sich rumtreibt."

Shelleys Puls hämmerte ihr in den Schläfen und auf ihrer Zunge lag der bittere Geschmack der Todesangst. Offenbar waren diese Schläger auf der Suche nach Hawk. Und sie hatten ihn mit ihr zusammen im Diner beobachtet und die falschen Schlüsse gezogen.

„Ich weiß es wirklich nicht. Wir kennen uns nur aus dem Diner, sonst haben wir nichts miteinander zu tun! Wirklich!"

Ihre Stimme war flehend, doch in den Gesichtern der Männer war keine Gnade zu entdecken.

Einer von ihnen, offenbar der Älteste, nickte einem anderen zu, der Shelley grob am Arm packte. Sie schrie auf, befürchtete, dass er sie an sich reißen würde, doch er hielt sie einfach nur fest, um sie ein paar Sekunden später wieder loszulassen.

„Er ist offenbar mehr als ein Gast für sie", erklärte er.

„Und weiß sie, was er ist?", fragte der Älteste noch, um zur Antwort ein Kopfschütteln zu erhalten.

Shelleys Gedanken fuhren Achterbahn. „Wie meinen Sie das, *was* er ist? Was soll er denn sein? Wer sind Sie überhaupt?"

„Du wirst uns zu ihm führen!", erklärte der Älteste. „Wenn er sich nicht im Diner geprügelt hätte und danach davongeflattert wäre, bräuchten wir dich gar nicht zu bemühen. Aber so … - Du wirst morgen im Diner sein, dir nichts anmerken lassen und dafür sorgen, dass er lange genug bleibt, damit wir ihn -"

„Umbringen können?", rief sie schrill aus. Tränen trübten ihren Blick.

„Je weniger du weißt, desto besser! Natürlich vorausgesetzt, du willst weiterleben."

Der Gedanke, Hawk an diese Mistkerle auszuliefern, war beinah genauso unerträglich wie ihnen selbst ausgeliefert zu sein. Eine Tatsache, die sie ehrlich überraschte.

„Ich werde euch niemals zu ihm führen", zischte sie mit der Wut und Angst eines in die Ecke getriebenen Tieres. „Sobald ich ihn sehe, werde ich es laut hinausbrüllen, dass ihr ihn sucht. Er wird sich verstecken und dafür sorgen, dass ihr ihn nie, nie wiederfindet!"

Zumindest hoffte sie das. Denn die Kerle wirkten nicht, als würden sie ihr Gelegenheit geben, ihn ein zweites Mal zu warnen.

Der Älteste gab ein überhebliches „Tztztz" von sich und wedelte tadelnd mit dem Finger.

„Das war so ziemlich die unpassendste Antwort, die du uns auf diese Frage geben konntest. – Nun denn, wir können dich vielleicht doch noch überzeugen. – Armand?"

Einer der jüngeren Männer nickte.

„Hilf ihr auf die Sprünge!"

Sie wollte noch zurückweichen, doch mit beinah unmenschlicher Geschwindigkeit hatte er sie gepackt. Diesmal beließ er es nicht dabei, sie nur festzuhalten. Diesmal riss er sie an sich.

Shelley wusste, dass ihr vielleicht nur Minuten blieben. Also schrie sie! Sie schrie aus vollem Halse, bis sie ein harter Faustschlag in den Brustkorb traf und ihr sämtliche Luft aus den Lungen presste.

Sie sackte auf die Knie, während roher Schmerz in ihrem Körper explodierte. Verzweifelt versuchte sie, Luft zu holen, doch sie schaffte es einfach nicht.

Hawk

Hawk saß auf dem Dach eines leerstehenden Bürohauses und ärgerte sich über seine aufbrausende Art. Nicht, weil es der Kerl nicht verdient gehabt hätte, sondern weil er sich jetzt sofort am Morgen eine neue Sonnenbrille würde organisieren müssen, sonst konnte er sich mit seinen Augen nirgendwo in der Öffentlichkeit blicken lassen.

Er griff nach seinem Rucksack und wollte ihn sich gerade überziehen, da gellte das schrecklichste Geräusch durch seine Glieder, das er jemals gehört hatte.

Ein Schrei, verzweifelt und schmerzerfüllt, hoffnungslos.

Shelleys Schrei.

„Großer Gott!“, keuchte er. Innerhalb einer Sekunde war er transformiert, warf den Rucksack von sich und stürzte sich mit einem hektischen Flügelschlag vom Dach.

Er dachte nicht daran, dass ihn jemand sehen konnte; dass morgen womöglich die Boulevardblätter von einem Mann mit Flügeln berichteten oder irgendwo ein verwackeltes Handyvideo von einem Alien auftauchte.

Alles, was in diesem Moment von Bedeutung war, war der schreckliche Gedanke, dass Shelley in Lebensgefahr sein musste; und dass er womöglich nicht rechtzeitig bei ihr war.

Dank seines Orientierungssinns wusste er genau, von wo der Schrei gekommen war. Und obwohl es nur vier oder fünf Blocks bis dorthin waren, kam ihm die Zeit wie eine Ewigkeit vor.

Als er endlich das letzte Gebäude überflog, erfasste er die schreckliche Szenerie.

Drei Männer, die auf Shelley einprügelten. Einer trat sie sogar, was fast genauso beängstigend war wie die Tatsache, dass sie sich nicht mehr bewegte.

Voller Verzweiflung und Wut setzte Hawk zum Sturzflug an, streifte sich im Flug die beengenden Schuhe ab und packte einen der Männer mit den langen, rasiermesserscharfen Krallen, die er dort trug, wo normale Menschenfüße Zehen und Ferse hatten.

Das Gewicht wollte ihn nach unten ziehen und das Gestrampel machte es ihm wirklich nicht leicht, wieder an Höhe zu gewinnen, doch er schaffte es und ließ den Mann aus etwa zehn Metern Höhe achtlos auf die Straße fallen.

Er spürte keine Reue, verschwendete keinen Blick.

Alles, was zählte, war Shelley zu retten.

Die beiden anderen Männer waren sichtlich geschockt. Hawk beobachtete im Anflug sehr genau, welcher von beiden zuerst wieder handlungsfähig war, denn diesen würde er als nächstes ausschalten.

Tatsächlich griff einer von beiden nach etwas, das eine Waffe sein musste.

Er stürzte sich mit angelegten Flügeln hinab zu ihm, bremste seinen Fall im letzten Moment mit einem Flügelschlag und riss sein Opfer dennoch zu Boden.

Seine Krallen packten seine Kehle und es genügte eine einzige Bewegung, um diese zu zerfetzen.

Als er zum dritten Mann herumwirbelte, war dieser sichtlich geschockt. Ein Augenblick, den Hawk zu nutzen wusste, er stürzte sich auf ihn. Ein harter Tritt traf ihn gegen den Brustkorb, so dass er zurückgeschleudert wurde und hart auf der Straße aufschlug. Ein stechender Schmerz schoss in seinen Rücken und die Flügel. Doch er sprang auf die Beine und sah gerade noch den tiefen Schnitt, den er dem Schläger verpasst hatte, und der sich über dessen ganzen Brustkorb zog.

Bevor Hawk ihn noch einmal zu fassen bekam, lief der Kerl davon und so schnell es in seinem Zustand ging, aus der Gasse.

Hawk verschwendete keinen Gedanken an ihm. Er wirbelte herum zu Shelleys blutüberströmtem Körper.

Er presste eine Hand auf ihren Puls, der unter der weichen Haut flatterte. Sie lebte noch, aber bei allem, was heilig war, wenn sie nicht versorgt würde, dann womöglich nicht mehr lange.

Wenn er auch nicht wusste, wer diese Kerle waren. So wusste er doch verdammt genau, für wen sie arbeiteten. Für denselben Kerl, der damals seine Mutter ermordet hatte; der, der ihn seit all den Jahren versuchte zu fassen zu bekommen, um ihn als Versuchskarnickel in ein Labor zu pferchen und mit Spritzen und Messern zu malträtieren, bis er jämmerlich verreckte.

Und weil er ihn womöglich mit Shelley gesehen hatte, hatte er versucht, eine Information aus ihr herauszufoltern, die sie gar nicht haben konnte.

Er ballte die Fäuste und überlegte fieberhaft, was er tun konnte.

Jetzt, wo sie ihn gefunden hatten, konnte er kein öffentliches Krankenhaus mit ihr ansteuern. Diese wurden genauso überwacht, wie niedergelassene Ärzte, vielleicht sogar Tierärzte.

Da plötzlich fiel ihm das Kärtchen wieder ein, das ihm die eigenartige Frau am Abend zugesteckt hatte.

Sie war Ärztin gewesen und vielleicht …

Er blickte auf ihren Namen und erinnerte sich an ihre Worte.

Wenn es wirklich stimmte, was sie sagte, dann war sie vielleicht die einzige Zuflucht, die es im Augenblick gab; und Shelleys Rettung.

So behutsam er es in seinem transformierten Zustand vermochte, hob er sie auf seine Arme.

Er spürte ihren schwachen Puls, den niedrigen Blutdruck und dass sie innere Verletzungen hatte.

Ihr Kopf rollte gegen seine Brust. Sie fühlte sich so kalt an, als wollte das Leben jeden Augenblick aus ihr entweichen.

„Bitte stirb nicht, Shelley“, hauchte er. „Tu mir das nicht an!“

Dann breitete er die Flügel aus und erhob sich mit ihr.

Revenge

Revenge hob prüfend ein Augenlid und blinzelte dann ins Halbdunkel des Raumes.

„War das jetzt die Klingel oder hab‘ ich Halluzinationen?“

Als ihre Sicht halbwegs klar wurde, saß Caleb schon aufrecht im Bett.

„Türklingel“, bestätigte er einsilbig und dann noch: „Es ist halb Sieben.“

Er war nicht gerade der Typ, der morgens singend aus dem Bett hüpfte.

Also schlug Revenge mit einem Seufzen die Decke zurück und tapste zur Tür. Da klingelte es noch einmal.

„Das muss ja dringend sein“, murmelte sie und drückte die Klinke herunter.

„Hey!“, rief Caleb.

Sie drehte sich um. „Was ist?“

„Zieh‘ dir was über! Durch dieses sündige Ding sieht man … alles.“

Sie lächelte. „Jawohl, mein Herr und Gebieter.“

„So ist’s brav.“

Mit einem Morgenmantel im Arm, den sie sich im Gehen überwarf, steuerte sie auf die Tür zu.

Wer auch immer davorstand, hatte das Klingeln aufgegeben und war auf Klopfen umgestiegen.

Lautes Klopfen. Eher ein Pochen. Die ganze Tür wackelte.

Unwillkürlich stockte Revenge.

„Wer ist da?“, rief sie hinaus.

„*Hawk*“, war die durch dickes Holz gedämpfte Antwort.

„Hawk Dawson. Sie müssen mir helfen! Bitte!“

Revenge stürzte zur Tür und riss sie auf.

Bei allen Göttern, es gab viele Szenarien, die sie sich hatte vorstellen können.

Aber Hawk Dawson zu sehen, vollständig in seine veränderte Erscheinung transformiert, mit schwarzen Augen und braunen Flügeln, die aufgeregt flatterten und den eisigen Februarwind hereintrugen, das war wirklich wie eine Erscheinung.

Und tatsächlich hielt sie dieser Gedanke für eine üppige Sekunde fest, bevor sie begriff, dass er einen leblosen Frauenkörper in Händen hielt.

Sofort sprangen ihre medizinischen Notfallsysteme an.

„Was ist passiert?“ Sie stieß die Tür auf und es bedurfte keiner weiteren Einladung.

„Sie wurde überfallen“, brachte er völlig außer Atem hervor. Schweiß lief über seine Schläfen. „*Die* waren es. Sie wollten mich finden und haben Shelley dafür …“

Er ließ den Satz in der Luft hängen und Revenge fragte nicht weiter. Umstände zu erörtern, dazu war später Gelegenheit. Jetzt galt es ein Leben zu retten; und offenbar blieb ihnen dafür nicht viel Zeit.

„Caleb!“, brüllte sie deswegen. „Mary-Anne!“

Caleb stand fast augenblicklich neben ihr. Und obwohl er mehr oder weniger unerschütterlich war, stockte er bei dem Anblick, der sich ihm bot.

„Großer Gott!“ Er wandte sich ein wenig ab. „Das ist eine Menge … Blut!“

Genaugenommen war es so viel Blut, dass seine kaum bezähmbare Mordlust geweckt wurde und er sofort transformierte. Krallen schossen aus seinen Fingerspitzen und ein gefährliches Knurren drang aus seiner Kehle, das zumindest Revenge nicht weiter beeindruckte. Hawk Dawson war vermutlich viel zu besorgt, um sich auf Calebs Äußeres zu konzentrieren.

„Spritz dir Ritalin und komm dann in den Behandlungsraum!“, wies Revenge Caleb an. „Schnell! Bring mir Mary-Anne! – Komm, Hawk!”

Sie packte ihn am Ärmel und zog ihn hinter sich her.

Er war groß und schlank, trotzdem spürte sie harte Muskeln unter dem Stoff seiner abgetragenen Jacke.

„Weißt du, was passiert ist?“

„Sie haben sie überfallen. Zu dritt!“ Er hatte augenscheinlich Mühe, zu sprechen. „Sie haben sie geschlagen und getreten. Großer Gott!“

Caleb hatte lautlos aufgeschlossen. Revenge warf ihm einen prüfenden Blick zu und er nickte zur Bestätigung, dass seine Mordlust unter Kontrolle war.

„Wo sind sie jetzt?“

„Zwei sind tot. Einer ist geflohen.“

Revenge stieß eine Tür auf, hinter der sie sich einen provisorischen Behandlungsraum eingerichtet hatten.

„Leg sie hier auf den Tisch.“ Sie knipste die Lampe an und zog sie über ihr Gesicht, um Shelleys Körper genau in Augenschein zu nehmen.

In Gedanken ballte sie die Fäuste und hoffte von Herzen, dass Hawk die Kerle hatte leiden lassen. Das Mädchen war übel zugerichtet.

Mary-Anne schoss in den Raum und brauchte eine Sekunde, um sich zu orientieren.

„Das ist Hawk Dawson“, erklärte Revenge knapp, während sie Shelley eine Sauerstoffmaske überstülpte. „Die Schöpfer haben einen Schlägertrupp geschickt und das Mädchen übel zugerichtet.“

Mary-Anne nickte schnell. Wenn es darauf ankam, war Calebs Mutter ein kühler Kopf, der in jeder Situation hilfreich war.

„Caleb“, wies sie ihren Sohn an, „bring den jungen Mister Dawson nach draußen!“ Dann blickte sie Hawk an. „Wir kümmern uns um Ihre Freundin.“

Dann wurde Hawk nach draußen geschoben und Mary-Anne wusch sich die Hände und zog Handschuhe und Mundschutz über.

Mary-Anne war keine Ärztin, hatte aber eine Ausbildung als Sanitäterin und war Revenge eine große Hilfe.

Die beiden blickten sich über den Tisch hinweg an.

„Sie sieht schlimm aus“, befand Mary-Anne, klemmte den Pulsmesser an Shelleys kleinen Finger und legte ihr eine Blutdruckmanschette an, die alle 60 Sekunden aufpumpte.

Revenge wusste, wie spärlich ihre Ausstattung war, doch was konnte sie tun? Ein Krankenhaus hätte Shelley nicht überlebt, dafür hätten die Schöpfer gesorgt.

Revenge überprüfte Pupillar Reflex und warf einen Blick auf den Monitor.

„Puls 40, Blutdruck 80 zu 40.“

„Immerhin stabil“, bemerkte Mary-Anne.

Revenge beugte sich über Shelley, befühlte den Rippenbogen und widmete sich dann dem Bauchraum. Sie erschrak selbst, wie hart der Bauch war.

„Bretthharter Bauch“, sagte sie leise und griff nach dem Stethoskop. Sie legte es an mehreren Stellen auf Shelleys Unterbauch, doch sie hörte keine Darmgeräusche. Vermutlich, weil sich Blut im Abdomen sammelte.

„Verdammte Scheiße“, keuchte sie.

Sie hätte ein Ultraschallgerät oder wenigstens ein Röntgengerät gebraucht, um den Ursprung der Blutung herauszufinden. Aber so …

„Wenn ich nicht rausfinde, welches Organ oder welche Vene verletzt ist, stirbt sie!"

„Kannst du es irgendwie eingrenzen?", fragte Mary-Anne.

Revenge tastete weiter und gab ein hilfloses Achselzucken von sich. „Irgendwo unterhalb des Zwerchfells. Genauer kann ich es nicht sagen. Verfluchte Scheiße!" Sie zog die Lampe näher, um sie auf Schürfwunden und sichtbare Prellungen zu untersuchen.

Wenn sich dort etwas besonders Auffälliges hätte finden lassen, hätte sie zumindest vermuten können.

Sie schrak auf, als plötzlich die Tür aufgestoßen wurde.

„Ich muss zu ihr!" Hawk Dawson drängte gegen Caleb, der versuchte ihn wieder aus dem Raum zu schieben.

„Lass die beiden ihre Arbeit machen! Du störst sie nur!"

„Nein, ich kann helfen!"

Hawk warf über Calebs Schulter Revenge einen tiefschwarzen Blick zu. „Ich finde es!", erklärte er. „Wenn sie mich zu ihr lassen, finde ich die Verletzung!"

Revenge und Mary-Anne wechselten einen verwunderten Blick.

Sie wollte nicht, dass der Junge mitansah, wie seine Freundin starb. Aber verdammt nochmal, wenn die Möglichkeit bestand …

„Lass ihn rein!"

Wie eine Sprungfeder, die man plötzlich losgelassen hatte, schoss Hawk in den Behandlungsraum und drängte an Shelleys Seite.

Revenge fiel auf, dass seine Flügel geschrumpft zu sein

schienen, während er seine Hände über Shelleys nacktem Brustkorb ausbreitete und die Augen schloss.

Seine Berührung hatte nichts Ätherisches, nichts Anzügliches. Vielmehr bewegten sich seine Hände wie ein Scanner.

Als er die Augen öffnete, lagen Schmerz und Angst darin, aber auch ein Wissen, an dem Revenge nicht zweifeln wollte.

„Der linke Lungenflügel ist kollabiert“, erklärte er mit bebender Stimme. „Und hier …“, er zeigte auf die unterste Rippe auf der linken Seite, „sind zwei Adern gerissen. Ich weiß nicht, ob es Venen oder Arterien sind. Es ist keine Schlagader.“

Revenge starrte ihn mit unverhohlenem Staunen an. Sie verkniff sich die Frage, woher um alles in der Welt er das wissen konnte, und fragte stattdessen: „Bist du dir sicher?“

„Ganz sicher.“

„Keine Arterie?“

„Nein.“

In Gedanken schickte Revenge ein Stoßgebet zum Himmel. Wenn es so war, konnte sie das Mädchen vielleicht wirklich retten.

„Du hast uns sehr geholfen“, sagte sie an Hawk gewandt und zeigte dann auf ihr OP-Besteck. „Ich muss sie jetzt operieren. Du musst rausgehen.“

Als Caleb diesmal nach seiner Schulter packte, wehrte er sich nicht. Mit einem resignierten Nicken und sehnsuchtsvollem Blick auf Shelley ließ er sich aus dem Raum bringen.

Hawk

„Setz dich und trink einen Schluck“, erklärte der Schrank von einem Kerl, der offenbar zu der Ärztin gehörte, die Shelley operierte.

Er hatte keine Ahnung von Medizin, mal von seinem Gespür für Krankheiten abgesehen und wusste nicht, ob es *nur* ernst war; oder aussichtslos.

„Es ist nicht aussichtslos“, antwortete Caleb auf seine Gedanken, woraufhin Hawk den Blick hob.

„Woher wissen Sie -“

„Ich heiße Caleb, nicht Sie! – Und ich habe auch so meine Tricks.“ Er nickte auf seine Hand, die noch immer Hawks Oberarm festhielt. „Ich höre so ein bisschen, was du denkst, wenn ich dich anfasse. Nicht unbedingt fair, aber oft hilfreich.“

Hawk nickte und verstand trotzdem kein Wort.

„Wir haben eben so unsere Möglichkeiten, nicht wahr?“, fuhr Caleb deswegen fort und schob ihn in einen Raum, der offenbar ein Esszimmer war. Dann stellte er Hawk eine Flasche Wasser hin und forderte ihn auf zu trinken.

Unwillkürlich gehorchte er. Er war viel zu aufgewühlt, viel zu sehr in Gedanken, um zu widersprechen.

„Kann sie es wirklich schaffen?“

„Ja.“

„Aber sicher ist es nicht, oder?“

Caleb zögerte für einen Augenblick, dann deutete er ein Kopfschütteln an. „Nein, sicher ist es nicht.“

Hawk ließ die Schultern hängen und nickte. Er musste sich an dem Gedanken festklammern, dass sie es schaffen konnte. Alles andere trieb ihn in den Wahnsinn.

Als Caleb sich neben ihn setzte, hob er den Blick.

„Bist du … wie ich?"

„Andere DNA, aber gleiches Prinzip. Ja."

Hawk starrte auf seine Wasserflasche. „Seit dem Tod meiner Mutter habe ich mich niemandem mehr gezeigt, wie ich wirklich bin."

„Bei uns brauchst du nichts zu verstecken. Im Gegenteil, wir helfen dir und deiner Freundin, um diesen Teil eures Lebens hinter euch zu lassen."

„Sie weiß nicht, … was ich bin." Er gab ein hilfloses Achselzucken von sich. „Ich habe mich nie getraut, es ihr zu sagen oder zu zeigen. Ich hatte Angst, dass sie mich …"

„Für einen Freak hält?", komplettierte Caleb seinen Satz und obwohl ihm wirklich nicht danach zumute war, musste er kurz lächeln.

„Ja, genau."

„Aber wie könnt ihr dann …?"

„Wir sind nicht zusammen. Nicht so."

„Aber du fühlst dich ihr verbunden. Und nicht einfach nur irgendwie. Ich spüre die starke Verbindung."

„Ja, die habe ich ja auch, ich …" Er gab ein Achselzucken von sich und hob den Blick zu Caleb. Obwohl ihm die geschlitzten Pupillen und der wilde Ausdruck darin hätten Angst machen sollen, spürte er doch, dass die beiden etwas verband.

„Ich habe seit Monaten Angst, ihr zu sagen, wie ich empfinde. Und jetzt … habe ich Angst, dass ich keine Chance mehr dazu bekommen werde."

Caleb nickte. „Ich verstehe dich. Sehr gut sogar. – Aber glaub mir, dass Revenge alles tut, um sie zu retten."

Hawk nickte und schickte ein Stoßgebet zu einem Gott, an den er eigentlich gar nicht glaubte.

„Ich werde sehen, ob ich etwas herausfinden kann vor Ort. Vielleicht haben sie irgendetwas liegengelassen."

„Du meinst außer den Leichen?"

Caleb lächelte schief. „Die Leichen sind schon längst weg, Hawk. Niemand wird sie finden. Niemand wird sie vermissen."

Als er sich erhob, kam Hawk ein Gedanke. „Kann ich mitkommen?"

Caleb stockte. „Willst du das denn?"

„Ich sitze nur hier und habe Angst, dass Shelley stirbt. Und die Operation wird doch noch dauern, oder?"

„Mindestens zwei Stunden."

„In der Zeit kann ich vielleicht helfen. Einer von diesen verdammten Drecksäcken lebt noch. Und ich gedenke das zu ändern, wenn sich mir die Möglichkeit bietet."

Caleb lächelte zustimmend. „Dann komm!"

*

„Welche Schuhgröße hast du sonst mit diesen Dingern?"

Caleb zeigte auf Hawks Füße, die vorne mit drei braunen Klauen bestückt waren, und hinten mit einer.

Hawk hatte das Gefühl, dass er versuchte ihn aufzumuntern und abzulenken, was eine nette Geste war, wenn auch erfolglos.

„51", gab er zurück.

Er hatte von Caleb Schuhe in Größe 49 bekommen, die ihn nun, da er sie über seine Füße stülpte, auf schmerzhafte Weise einengten. Doch er hatte momentan weder Sinn noch Zeit, um sich mit solchen Lappalien zu befassen.

Zur Tarnung trug er außerdem einen Mantel, der weit genug fiel, um nicht zu zeigen, was genau die Ausbuchtung an seinem Rücken war.

Seine Flügel schrumpften auf ein kleines Maß zusammen, wenn er nicht transformiert war. Das selbe galt auch für seine Krallen. Nur an seinen durch und durch schwarzen Augen ließ sich nichts ändern.

„Da vorne ist es gewesen.“ Bei seinen eigenen Worten überlief ihn ein Schauder.

Zwar schien nun die trübe Februar-Sonne und Menschen strömten in die und aus der U-Bahn-Station, aber die Szene, die sich in sein Gedächtnis gebrannt hatte, war so lebendig, als würde es gerade jetzt geschehen.

„Als ich sie schreien hörte“, sagte er und stieg aus dem Wagen, trat in die verlorene Gasse, in der weder Blut noch Leichen mehr zu finden waren, „war ich vier Blocks entfernt. Und als ich hier war, schlugen und traten sie auf sie ein.“

„Ist dir irgendetwas an ihnen aufgefallen?“

„Nein. Aber ich habe mir auch keine Zeit gelassen. – Den ersten habe ich gepackt, mit hinaufgenommen und dann auf Höhe des dritten oder vierten Stocks fallenlassen. Auf den zweiten bin ich hinabgestürzt und hab ihm mit den Krallen die Kehle zerfetzt. Und der dritte ist abgehauen, nachdem ich ihm einen Kratzer verpasst hatte. Dann habe ich Shelley genommen und bin zu euch geflogen.“

Caleb nickte und suchte konzentriert die Gasse ab. „Hatten sie irgendwelche Waffen?“

„Ich habe keine gesehen. – Einer hatte möglicherweise eine Pistole, aber ich habe es nicht überprüft, nachdem er tot war.“

Caleb runzelte die Stirn. „Du hast ziemlich gute Augen, oder?“

Hawk nickte langsam. „Entdeckst du irgendetwas, das vielleicht von den Kerlen übriggeblieben sein könnte?“

So konzentriert es ihm in Anbetracht der Situation möglich war, schärfte Hawk seinen Blick und ließ ihn durch die Gasse gleiten.

Dann schüttelte er bedauernd den Kopf, doch Caleb schien bereits einen neuen Gedanken zu haben.

„Was ist mit dem Kerl, den du hochgezogen hast? Könnte dem nicht irgendetwas aus der Tasche gefallen sein?“

„Wäre möglich. Ich habe ihn dort gepackt und brauchte durch das Gewicht einige Meter, bis ich an Höhe gewann, dann bin ich über dieses Haus geflogen, habe eine Schleife gemacht und ihn hier auf das Pflaster fallen lassen.“

„Vielleicht liegt etwas auf dem Haus.“ Caleb sah ihn an. „Du bleibst besser getarnt, würde ich sagen. Ich sehe nach.“

Hawk nickte und wartete ab, bis Caleb an der Feuerleiter war.

Nach einem prüfenden Blick, ob auch wirklich niemand vorbeikam, ging er in die Hocke und sprang mit einem kraftvollen Satz in die Höhe. Als er das Geländer der Feuerleiter zu fassen bekam, war es das Geländer im zweiten Stock. Er benötigte nur einen weiteren Satz, dann war er auf dem Dach.

Hawk zog überrascht die Augen zusammen.

„Hier oben ist nichts“, erklärte Caleb.

„Verdammt.“

Caleb schien gerade wieder hinabklettern zu wollen, da kam ihm offenbar eine Idee.

Er drehte sich noch einmal um und hob den Blick.

„Was ist mit dem Gebäude gegenüber?“, wollte er wissen. Obwohl er die Stimme kaum erhob, verstand Hawk ihn tadellos. „Bist du da auch … drübergeflogen?“

Hawk stellte in Gedanken die Flugbahn nach. „Ja, wäre möglich.“

Er rechnete damit, dass Caleb herunterkommen und auf das gegenüberliegende Gebäude klettern würde. Doch stattdessen trat er einige Schritte zurück, lief auf die Dachkante zu und … sprang ab.

Die Straße war gut und gerne fünfzehn Meter breit, eher zwanzig. Doch anstatt in die Tiefe zu stürzen, landete er problemlos auf dem anderen Dach, wo er seine Suche fortsetzte.

Hawks Gedanken glitten zurück zu Shelley. Er hatte ihren Herzschlag spüren können, hatte gehört, wie ihr Blut durch den schlanken Körper rauschte. Unweigerlich fragte er sich, ob er es bemerken würde, wenn dieses Herz stehenblieb und der Blutstrom versiegte. Eine Vorstellung, bei der ihm eiskalt wurde.

Er fuhr zusammen, als Caleb plötzlich neben ihm stand. Absolut lautlos und offenbar nicht ein bisschen außer Atem.

„Das bringt uns vielleicht weiter“, sagte er und hielt Hawk ein Handy unter die Nase, das er in ein Taschentuch eingeschlagen hatte.

„Wenn das von dem Kerl ist …“

„Ja, eben.“ Caleb schlug es in ein zweites Tuch ein und verstaute es in seiner Jacke. „Lass uns zurückfahren.“

Kaum dass sie im Wagen saßen, potenzierte sich Hawks Nervosität wieder ins Unendliche. Er vergrub die spitzen

Krallen in seinen Handflächen und trat sich die Schuhe ab. Seine Krallen schmerzten und seine Flügel wollten anwachsen, als wüssten sie genau, dass er vor all dieser Schrecklichkeit am liebsten davongeflogen wäre.

Caleb sagte nichts. Entweder, weil er ihn nicht mit Floskeln belästigen wollte oder weil er seinen eigenen Gedanken nachhing.

So oder so war es Hawk Recht.

Als sie endlich ankamen, konnte er es nicht erwarten, aus dem Wagen zu steigen. Am liebsten wäre er zum Haus gelaufen und hätte die Tür eingerannt, doch er beherrschte sich so gut es ging.

Caleb zumindest verlor keine Zeit und schloss mit wenigen Schritten zu ihm auf und öffnete die Tür.

Sie waren kaum eingetreten, da stand die Ärztin vor ihnen.

Hawks Herzschlag setzte aus, doch dann sagte sie schnell:

„Sie lebt!"

Die Erleichterung war so groß, dass er beinah losgeheult hätte, wie ein Baby. Im letzten Augenblick unterdrückte er den Impuls und nickte stumm.

Caleb klopfte ihm auf die Schulter und Hawk brachte schließlich ein gekrächztes „Danke" zustande.

Die Frau, die Mary-Anne hieß, trat ebenfalls auf den Korridor. Sie lächelte herzlich, was ihrem schlanken, schönen Gesicht ein regelrechtes Strahlen verlieh.

„Revenge hat sich selbst übertroffen", stellte sie fest. „Als hätte sie sechs Hände zum Operieren."

„Ich danke Ihnen. Ihnen beiden."

„Ich muss dir danken", gab Revenge zurück. „Du hattest absolut Recht damit, wo die Verletzungen lagen. Ich hätte sie niemals rechtzeitig gefunden ohne dich.“ Sie lächelte. „Du hast ihr mindestens genauso sehr das Leben gerettet.“

Er presste die Lippen aufeinander, so dass seine Kiefermuskeln zuckten.

„Ich habe überhaupt erst dafür gesorgt, dass sie beinah gestorben ist.“

„Das hast du nicht, hörst du!“

Dass dieser entschiedene Tonfall von Mary-Anne kam, überraschte ihn einen Moment.

„Sie ist ein Opfer, genau wie du es bist! Diese verdammten Mistkerle, die dich zu dem gemacht haben, was du bist, die dich als Versuchskaninchen zurückhaben wollen, die schrecken vor nichts zurück, schon gar nicht vor einem simplen Mord!“

„Mom, beruhige dich!“

Hawk wirbelte herum und starrte fassungslos auf Caleb, der an ihm vorbeiging und Mary-Anne einen Arm um die Schulter legte.

„Mom?“, wiederholte er. „Sie sind seine Mutter?“

Mary-Anne und Caleb nickten gleichzeitig.

„Die Wissenschaftler hatten mich in ihrer Gewalt bis ich 12 war, danach schaffte ich es immer wieder einmal auszubrechen, doch sie fingen mich immer wieder ein. Erst dank Revenge habe ich vor einigen Monaten den Schöpfer töten und meine Mutter finden können.“

„Den Schöpfer töten“, murmelte Hawk.

War das nicht sein größter Wunsch? Den verdammten Dreckskerl zu finden, der ihn zu dem gemacht hatte, was er war, und seine Mutter getötet hatte.

„Du kannst deinen Schöpfer nicht töten“, gab Caleb zurück. „Und auch dich selbst nicht. Nicht wahr?“

Hawk spürte die prüfenden Blicke der beiden Frauen auf sich. Allein die Tatsache, dass Caleb ihn nicht nur verstand, sondern ihm auf diese Weise auch so ähnlich war, ließ ihn resigniert nicken.

Er schämte sich dafür, aber in seinen dunkelsten Stunden, hatte er es nicht nur einmal versucht. Doch er hatte es nicht über sich gebracht. Er war … einfach zu schwach.

„Du bist nicht zu schwach, falls du das denkst." Caleb löste sich von seiner Mutter, als diese sich wieder etwas gefasst hatte. „Es ist eine innere Programmierung, die uns weder uns selbst noch den Schöpfer töten lässt. Revenge hat meinen Schöpfer für mich erschossen."

Hawk deutete ein Kopfschütteln an. „Warum … haben Sie uns denn überhaupt erschaffen?"

„Als Waffe. Als Soldaten. Als Killer. – Meine Mordlust war fast fünfundzwanzig Jahre kaum zu bändigen. Dafür hatte mein Leben im Labor gesorgt. Erst durch Revenge konnte ich den Teil von mir entwickeln, der menschlich war; nur durch sie … konnte ich zu meiner Mutter finden."

Die beiden tauschten einen Blick aus, in dem so viel mehr lag, als die Liebe, die sie offenbar füreinander empfanden.

„Ich habe aber keine Mordlust in mir."

„Niemals?"

„Nur in Situationen, in denen sie jeder verspürt."

„Du hast einen der Schläger aus 15 Metern Höhe auf den Asphalt fallen lassen und dem anderen hast du die Kehle zerfetzt."

„Ich musste Shelley retten!", fuhr Hawk auf, doch Caleb hob beschwichtigend die Arme.

„Das war alles andere als ein Vorwurf, Hawk. Das war nur eine Frage, um zu ergründen, was und wie du wirklich bist.“ Er machte einen Schritt auf ihn zu. „Du trägst die Alpha-Helix in dir. Du bist einzigartig auf dieser Welt. Und wie es aussieht, trägst du lange nicht so viele Schwächen in dir, wie ich es tue. Du hast die Möglichkeit deinen Schöpfer zur Strecke zu bringen. Und wir helfen dir dabei, wenn du es willst.“

Hawk musste nicht eine Sekunde überlegen. „Er hat meine Mutter ermorden lassen“, brachte er mit bebender Stimme hervor. „Vor meinen Augen. - Ich will seinen Tod mehr als alles andere auf dieser Welt.“

„Das wird die Dame im Aufwachraum aber nicht gerne hören“, erklärte Revenge und schaffte es damit, die von Rache und Blutgier aufgeladene Stimmung zu entschärfen.

Hawk nickte. „Nein, das stimmt. Ich …, es tut mir leid, so habe ich es nicht gemeint.“

„Möchtest du mit ihr reden?“, fragte Mary-Anne. „Sie ist noch im Halbschlaf, aber vielleicht willst du ihr -“

„Nein!“

Sie stockte. „Nein?“

„Nein, ich meine … - Sie weiß nicht, was ich bin. Und sie hat natürlich keine Vorstellung davon, warum sie beinah getötet wurde. – Ich habe absolut keine Ahnung, wie sie es aufnehmen wird, wenn ich …“ Er breitete die Arme aus. „Naja, sehen Sie mich an!“

„Ein guter Rat von mir, Junge!“ Caleb trat neben ihn. „Wenn sie dich nicht mag, wie du bist, dann taugt sie nichts.“

„Naja, sie wurde gerade in einem Haus operiert, das kein Krankenhaus ist, weil ein irrer Freak mit Flügeln von einer Horde Wissenschaftler eingefangen werden soll, die dessen

Standort aus ihr herausprügeln wollten. – Das ist schon starker Tobak."

Revenge wackelte abwägend mit dem Kopf. „Da hat er nicht ganz unrecht. – Naja, bis auf die Sache mit dem Freak natürlich." Sie legte ihm die Hand auf den Arm. „Was hältst du davon, wenn du erstmal eine Kleinigkeit frühstückst. Shelley kann in der Zeit aufwachen, ich sehe sie mir danach nochmal an und gebe dann das Okay, wenn sie fit genug ist."

Hawk nickte. Es kam ihm verflucht falsch vor, in seiner Situation an Frühstück zu denken, doch er konnte sich kaum erinnern, wann er das letzte Mal etwas gegessen hatte, bis auf den halben Donut, den Shelley ihm gegeben hatte.

Erst nach zwei Schritten spürte er, dass er den Korridor hinabgeschoben wurde. Der Geruch von Lachs stieg ihm in die Nase und irgendjemand klopfte ihm schon wieder auf die Schulter.

Shelley

Als Shelleys Bewusstsein sich an die Oberfläche kämpfte, bemerkte sie zuerst den Schmerz in ihrem Körper.

Sie versuchte, ihn zu lokalisieren, doch während sie im Geiste ihre Körperteile durchzählte, stellte sie fest, dass es schlichtweg überall wehtat.

Zumindest dachte sie das, bis sie einatmete. Der Schmerz der in ihrer Seite explodierte, war so intensiv, dass sie am liebsten aufgeschrien hätte. Doch als sie den Mund öffnete, gab sie kaum einen Ton von sich.

Sie schlug die Augen auf und blickte in einen abgedunkelten Raum. Gerade, als sie sich fragte, wo zum Teufel sie eigentlich war, kehrte die Erinnerung zurück; mit einem Vorschlaghammer!

Plötzlich war alles wieder da:

Schichtende.

Die dunkle Straße.

Die drei Männer, die sie nach Hawk fragten und dann auf sie einschlugen, als sie ihn nicht verraten wollte.

Stumme Tränen rannen ihr übers Gesicht.

Sie war sich sicher gewesen, dass sie dort am Boden liegend, das letzte Mal die Augen schließen würde. Es war wie ein Wunder, dass sie noch lebte.

Als plötzlich hinter ihr ein Alarm losging, fuhr sie zusammen. Sie wollte sich herumdrehen, aber sowohl der Schmerz in ihrer Seite, wie auch die Schläuche, die in ihrem Arm und – wie sie jetzt erst bemerkte – auch in ihrer Nase steckten, hinderten sie daran.

Es klopfte leise an der Tür, die dann aufging. Eine junge Frau streckte den Kopf herein, sie hatte braunes Haar und ein freundliches Lächeln im Gesicht.

„Wie schön, du bist wach“, sagte sie und schloss die Tür hinter sich, trat ans Bett und stellte den Alarm ab. „Ich habe ihn so eingestellt, dass er losgeht, wenn dein Puls über 90 steigt, damit ich mitbekomme, wenn du hier mobil wirst. – Ich bin Doktor Carter, aber nenn mich bitte Revenge.“

Sie streckte Shelley die Hand entgegen und obwohl diese es kaum glauben konnte, schaffte sie es, den Arm zu heben, und die Hand zu schütteln. Wo ihr Arm schon einmal in der Höhe war, wischte sie sich auch die Tränen aus dem Gesicht.

„Shelley Portman“, stellte sie sich krächzend vor, woraufhin die Ärztin lächelte.

„Freut mich. – Wie ich sehe, kannst du deinen Arm bewegen. Wie steht’s mit dem Rest? Kopf? Füße?“

Shelley wackelte versuchsweise mit Kopf und Zehen. Dann nickte sie.

„Perfekt“, gab die Ärztin zurück. „Und wie fühlst du dich sonst?“

„Als hätte mich ein Bus überfahren“, gab sie zurück. „Zweimal.“

Die Ärztin lachte und hielt ihr einen Becher mit Strohhalm unter die Nase. „Ein paar Schlucke kannst du ruhig trinken. Das ölt die Stimmbänder.“

Sie gehorchte und nahm den Strohhalm zwischen die Lippen. Dann trank sie den halben Becher aus.

„In welchem Krankenhaus bin ich?“, fragte sie danach.

Die Ärztin wackelte abwägend mit dem Kopf. „In keinem gewöhnlichen. Ich bin Ärztin und operiert habe ich dich auch. – Und du hast Besuch.“

Ihre Brauen hüpften in die Stirn. „Besuch?“

„Mhm. – Natürlich nur, wenn du ihn sehen willst.“

Revenge drehte sich zur Tür, die leise geöffnet wurde.

Dann tauchte ein dunkler Haarschopf im Türspalt auf. Sie traute ihren Augen kaum.

„Hawk?“, fragte sie und lächelte, obwohl selbst das verdammt schmerzhaft war.

Revenge erhob sich von der Bettkante und ging zur Tür. Im Vorbeigehen berührte sie Hawks Arm und ging dann hinaus.

Shelley indes wusste gar nicht, was sie zuerst denken sollte.

Ihre Frisur war völlig durcheinander, Schläuche steckten in ihrer Taille, durch die eine rote Flüssigkeit suppte und vor ihr stand … Hawk. Unverletzt.

Im Halbdunkel war es nicht leicht, seine Miene zu lesen, zumal er den Kopf gesenkt hielt, doch sie zumindest freute sich über die Maßen, dass er hier war.

„Jemand ist hinter dir her.“ Es schien ihr am sinnvollsten, die wichtigste Information zuerst auszuspucken. Doch Hawk schien nicht wirklich überrascht. Vielmehr nickte er sogar.

„Ja, ich weiß.“

„Du weißt?“

Wieder ein Nicken. „Und es tut mir so leid, dass du da mit hineingezogen wurdest. Sie … hätten dich beinah …“ Er ließ den Satz in der Luft hängen, doch wenn sie bedachte, in welchem Zustand sie sich befand, konnte sie sich das Ende in etwa vorstellen.

„Warum sind die hinter dir her?“, wollte sie wissen.

„Die wollen etwas von mir, sozusagen.“

„Also steckst du in Schwierigkeiten?"

„Ja, aber … nicht so, wie du vielleicht denkst." Als könnte er nicht länger still dastehen, stieß er die Fäuste in die Hosentaschen und ging im Raum auf und ab.

Shelley starrte ihn an und hatte das Gefühl, dass ihr ein riesen Puzzleteil vom Hawk-Dawson-Puzzle fehlte.

„Wie denn dann?", fragte sie. „Ich verrate auch nichts. Ich habe ihnen auch nicht verraten, wo sie dich finden können. Ich habe ihnen gesagt, ich schreie alles zusammen, wenn sie im Diner auftauchen, um dich mitzunehmen."

Er war so schnell an ihrer Seite, dass sie zusammenzuckte. Er fasste ihre rechte Hand und schüttelte gequält den Kopf. „Warum hast du das denn nur getan? Sie hätten dich beinah getötet, du großer Gott!"

Shelley hatte wirklich vorgehabt, ihm zu antworten. Doch ihr Sprachvermögen verabschiedete sich, als sie ihm in die Augen sah. Für einen Moment lief ein Zucken durch seinen Körper, als hätte er in die Höhe schießen und sich abwenden wollen, doch er tat es nicht. Nur seine Schultern verspannten sich merklich und der Druck seiner Hand wurde schmerzhaft fest.

„Ich … krieg wohl ziemlich krasse Schmerzmittel", setzte Shelley an. „Lösen vielleicht … Sehstörungen aus."

Hawk schüttelte den Kopf. „Mit deinen Augen ist alles in bester Ordnung."

„Und mit … deinen?"

Er deutete ein gequältes Kopfschütteln an. „Wenn du möchtest, dann gehe ich. Auf der Stelle, Shelley, das schwöre ich dir."

„Ich will nicht, dass du gehst." Nun war sie es, die ihn festhielt. „Ich will nur, dass du mir sagst, … was hier los ist."

„Und wenn dir nicht gefällt, was ich zu sagen habe?"

„Ich arbeite seit zwei Jahren in der Nachtschicht um die Miete für das Rattenloch zu bezahlen, in dem ich wohne. An Dinge, die mir nicht gefallen, bin ich bestens gewöhnt."

Hawk versuchte offenbar, sich die richtigen Worte zurechtzulegen.

„Na los!"

Er nickte. „Stört es dich, wenn ich etwas mehr Licht reinlasse?"

„Nein, gar nicht."

Er stand auf und ging zum Fenster, zog die Vorhänge weit genug zurück, um das vom Schnee reflektierte Sonnenlicht hereinzulassen.

Erst jetzt fiel Shelley auf, dass sie unmöglich in einem Krankenhaus sein konnte, dafür war der Raum viel zu schön; viel zu groß.

Ihr Herz pochte wild, als er sich wieder neben sie auf die Bettkante setzte. All die Monate, die sie mit ihm locker über den Tresen hinweg geplaudert hatte, hätten sie eigentlich an ihn gewöhnen müssen. Doch in dieser Umgebung, dieser Situation war alles anders.

Wieder sah sie ihm in die Augen. Sie waren schwarz wie die Nacht. Und damit meinte sie nicht nur die Pupillen. Sie waren einfach … schwarz. Komplett. Nichts Weißes war darin zu sehen.

Bevor er es über sich brachte zu sprechen, ergriff sie das Wort.

„Trägst du deswegen die Sonnenbrille?", fragte sie. „Wegen deiner Augen?"

Hawk nickte. „Ja, genau. Sie … naja, sie sind schwarz." Er lächelte schief.

„Das sind meine auch.“

„Ja, aber deine Haut ist auch ein paar Takte dunkler als meine. Und du hast eine klar abgegrenzte Iris, während ich … nun.“

„Ist das eine Krankheit?“

„Nein.“

Sie schüttelte verständnislos den Kopf. „Sondern?“

„Ich bin so geboren. Es ist keine Krankheit, ich bin nur anders als die anderen Menschen. Genetisch, verstehst du?“

„Du meinst, wie ein Außerirdischer?“

Sein Mundwinkel zuckte. „Nein, nicht ganz so krass.“

„Sondern? – Hör mal, in meinem Körper stecken irgendwie Dutzende Schläuche und mein Schmerzmittel lässt hinter dir eine Horde rosa Elefanten Cancan tanzen, also könntest du dir bitte nicht jedes Wort aus der Nase ziehen lassen?“

„Tut mir leid, ich …“ Er gab ein Achselzucken von sich. „Also die Kurzfassung ist wohl, dass meine Mutter an einem wissenschaftlichen Experiment teilnahm. Es wurde gut bezahlt, sie war jung und stellte keine Fragen. Ihr wurde ein genveränderter Fötus eingesetzt, den sie austragen sollte. – Ich!“ Er lächelte hilflos. „Nach meiner Geburt ist sie mit mir geflohen und hat sich mit mir versteckt. Aber sie … haben uns trotzdem gefunden. Sie haben meine Mutter vor meinen Augen getötet.“

Eine eisige Faust schloss sich um ihren Magen. „Großer Gott, Hawk …“

Er nickte schnell und sprach weiter, als wollte er es hinter sich bringen. „Ich konnte fliehen, aber seitdem verstecke ich mich. Feste Jobs kann ich wegen meines Aussehens nicht annehmen, also halte ich mich mit

Gelegenheitsjobs und auch … Taschendiebstahl über Wasser."

„Nur wegen deiner Augen? Aber das ist doch nicht so -"

„Es ist mehr, als meine Augen. Shelley."

Sie schluckte trocken. „Was denn noch mehr?"

„Ich kann es dir zeigen, wenn du möchtest. – Wenn es dir zu viel ist, dann sag es mir. Ich gehe, ich schwöre es dir. Ich komme nie mehr zurück, wenn du es willst."

„Du machst mir Angst, Hawk!"

„Das will ich nicht. Es tut auch nicht weh, oder so. Ich schieße keine Lichtblitze durch die Gegend oder teleportiere Gegenstände."

„Ja, aber was denn dann?"

Hawk seufzte und stand dann auf. Ihre Position erlaubte ihr, nur einen Teil seines Körpers zu sehen, alles was oberhalb seiner Oberschenkel war, um genau zu sein. Deswegen fragte sie sich auch für einen Moment, warum er sich die Schuhe abtrat. Doch dann griff er nach den Schnallen seines Rucksacks und ließ sie mit einem Klick auseinanderspringen.

„Du hast da aber keine Bombe drin, oder?", fragte sie nervös.

„Nein, nicht wirklich." Er ging zum Regal an der Wand und legte die Bilder, die darauf standen hin, auch eine Vase nahm er herunter und stellte sie auf den Boden.

Auf ihren fragenden Blick hin lächelte er verlegen. „Ich mache das normalerweise nicht in geschlossenen Räumen."

Dann zog er sich den Rucksack ab. Erst einmal passierte gar nichts, doch dann schloss er für einen Moment die Augen.

Eine Windböe fuhr durch das Zimmer, deren Ursprung Shelley nicht ausmachen konnte. Dann noch eine. Sie blinzelte und als der Wind vorbei war, sah sie wieder zu Hawk auf.

Er stand vor ihrem Bett, blickte sie aus seinen schwarzen Augen an und … - Großer Gott!

Er hatte Flügel! Wunderschöne, riesengroße Flügel mit echten Federn, dunkelbraun mit weißem Rand. Sie verströmten den Duft von Seide und glänzten im hereinströmenden Sonnenlicht wie tausende Spiegel.

Shelley wollte etwas sagen; irgendetwas, doch sie brachte keinen Ton heraus.

Hawks hochaufgeschossene Gestalt wirkte mit einem Mal ganz anders. Er war er und doch … war er es nicht. Er war wie die komplette Form seiner selbst, mit breiten Schultern und schmalen Hüften und einem edlen, schönen Gesicht, das durch seine Anspannung besonders männlich wirkte.

Es war wie ein Wunder, und noch ehe sie dazu kam, dieses Wunder zu kommentieren, trübte sich ihr Blick.

Hawk wollte sich herumdrehen, scheinbar um den Raum zu verlassen, doch endlich fand sie ihre Stimme wieder.

„Du … siehst aus wie ein Engel“, brachte sie tonlos hervor.

Er stockte und drehte sich wieder zu ihr. „Was?“

„Wie ein Engel. Wie ein …“ Sie zog die Nase hoch und gab ein Achselzucken von sich. „… wie ein … wow.“

Zögerlichen Schrittes kam er zurück zum Bett und setzte sich auf die Kante. Die Spitzen seiner Flügel reichten fast bis auf den Boden und schränkten seine Beweglichkeit erheblich ein.

„Du fühlst dich nicht … abgestoßen?“

„Überrascht? – Ja! Geschockt? – Vielleicht! Abgestoßen? – Niemals." Sie zog die Unterlippe zwischen die Zähne und versuchte sich trotz ihrer Schmerzen etwas aufzurichten. Dass ihr das sogar gelang, zeigte, was für ein ausgezeichnetes Schmerzmittel Adrenalin war.

„Darf ich sie anfassen?"

„Die Flügel?"

„Mhm."

Er lächelte und wirkte dabei ziemlich erleichtert. „Klar."

Shelley zog sich kurzerhand den Sauerstoffschlauch aus der Nase und beobachtete fasziniert, wie Hawk seinen rechten Flügel über die Bettdecke ausbreitete.

Hawk

Er wusste gar nicht, welches Gefühl schwerer wog: die Erleichterung, weil sie ihn nicht kreischend als Mutant beschimpft und aus dem Zimmer gejagt hatte, oder die Nervosität, weil sie ihm so nahekam und ihn berühren wollte.

Behutsam breitete er seinen rechten Flügel über ihren Körper.

Als ihre Fingerspitzen über seine Federn strichen, zog sich alles in ihm zusammen. Er hielt den Atem an und konnte kaum fassen, wie es sich anfühlte. So intensiv wie ein Stromschlag, der durch seinen Körper schoss und sich genau dort entlud, wo er es nicht erwartet hätte.

Er unterdrückte ein verräterisches Geräusch, presste die Lippen zusammen und betete, dass Shelley seine Flügel mindestens noch zwei weitere Jahre streicheln würde.

Viel zu früh verschwand ihre Berührung und sie zog die Finger mit einem verlegenen Lächeln zurück.

„Tut mir leid", sagte sie dabei, „dass ich dich so befummle."

„Kein Problem." Er schlug sich im Geiste mit der flachen Hand auf die Stirn. Sehr geistreiche Antwort, was Shelley in ihrem Erstaunen offenbar nicht negativ auffiel.

„Und du kannst damit … richtig fliegen?"

Er nickte. „Wenn ich es nicht könnte, wäre ich wohl nicht rechtzeitig bei dir gewesen, um dir zu helfen."

Sie stockte. „Das warst du?"

„Ja, ich … habe dich hierhergebracht. Die Ärztin hatte mich am selben Abend angesprochen. Sie kämpfen gegen die Wissenschaftler, die dir aufgelauert haben und die meine Mom umgebracht haben. „Der Mann der Ärztin ist auch wie ich."

„Er hat auch Flügel?"

„Nein, er … hat anderes Genmaterial."

„Und welches hast du?"

„Das eines Wüstenfalken."

„Und der hat auch solche Flügel und schwarze Augen?"

Hawk nickte. „Und Krallen an den Füßen."

Sie riss die Augen auf. „Hast du die etwa auch?" Shelley versuchte sich vorzubeugen, doch das war nun wirklich zu viel für ihre angeschlagene Konstitution. „Zeigst du sie mir?"

„Ernsthaft?" Seine missgebildeten Zehen waren nun wirklich das hässlichste an ihm.

Shelley nickte. „Natürlich nur, wenn es dir nichts ausmacht."

„Nein, schon okay. Sie sehen nur … naja, echt übel aus."

Als sie nur weiter lächelte, hob er eines seiner Beine an und stellte den Fuß auf die Bettkante.

Sein Fuß sah bis dorthin mehr oder weniger normal aus, wo Zehen hätten kommen müssen. Doch statt Zehen hatte er nur drei große Krallen, an der Ferse eine.

Sein Blick war auf Shelleys Gesicht geheftet, um festzustellen, wie sie bei dem Anblick empfand. Zu seiner grenzenlosen Erleichterung schien sie nicht abgestoßen.

„Darf ich die Krallen anfassen?"

Er schluckte trocken. Keine Ahnung, warum sich das für ihn viel intimer anhörte, als es eigentlich war.

„Sicher." Seine Stimme schwankte etwas, also räusperte er sich. „Aber pass auf die Spitzen auf, die sind ziemlich scharf."

„Okay."

Sie streckte die gesunde Hand nach seinem Fuß aus, der nur wenige Zentimeter entfernt war und ließ ihre Fingerspitzen über das dunkle Horn der Krallen streifen.

Hawk erstarrte. Eigentlich hatte er in den Krallen kein Gefühl. Aber ganz uneigentlich fühlte es sich plötzlich an, als würde sie ihn an einer ganz anderen Körperstelle streicheln.

Erst als sie von ihm abließ, setzte seine Atmung wieder ein.

Shelley lächelte. „Tut mir echt leid, dass ich dich so begrapsche, aber … du bist ziemlich einzigartig."

„Du hältst mich also für eine Freakshow?"

„Nein. Weißt du, irgendwie …" Sie gab ein Achselzucken von sich, das ihr offenbar Schmerzen bereitete. „… irgendwie hab' ich damit gerechnet. Naja, nicht unbedingt *damit*! Aber ich hatte immer das Gefühl, dass …"

„Mit mir irgendetwas nicht stimmt?", half er versuchsweise aus.

„Nein, dass du anders bist. Anders als alle anderen." Sie strahlte ihn aus ihren dunklen Augen an. „Und ich hatte Recht." Wieder strichen ihre Hände über seine Flügel. „Tut mir leid. Ich muss sie immerzu anfassen. Sie sind … wunderschön. Ich belästige dich ja schon", erklärte sie mit einem entschuldigenden Lächeln und zog die Hände zurück.

„Du belästigst mich nicht und ich bin sehr froh, dass du mich gerne anfasst." Den zweiten Teil des Satzes murmelte er mehr, als dass er ihn sprach. Dann fiel ihm etwas ein. „Ich muss dir etwas sagen."

Sie hob die Brauen. „Noch etwas?"

„Ja, ich …, also vor der Operation habe ich dich nackt gesehen. Nicht ganz, aber …" Er gestikulierte etwas hilflos. „Deinen Oberkörper. – Ich habe dich nicht angestarrt, aber die Ärztin wusste nicht, wo die inneren Verletzungen waren und ich habe ihr geholfen."

Shelley lächelte. „Das macht mir nichts. Es sei denn, dir hat nicht gefallen, was du gesehen hast, dann macht es mir etwas aus."

„Ehrlich gesagt, ich weiß gar nicht mehr genau, was ich gesehen habe. Es war überall Blut und ich versuchte nicht daran zu denken, dass ich dich verlieren könnte, um mich zu konzentrieren."

Je länger er redete, desto mehr kam er sich wie ein sentimentaler Waschlappen vor.

Zum Glück lächelte Shelley unermüdlich.

„Wie hast du ihr denn geholfen?"

„Ich spüre Krankheiten, sehe Defekte in Körpern."

Shelley stockte. „Wie machst du das?"

„Ich weiß nicht." Er gab ein Achselzucken von sich. „Für mich ist es ganz natürlich."

„Ich bin offenbar von Superman gerettet worden."

Nun lachte Hawk sogar. „Sehr schmeichelhaft." Als er das Gefühl hatte, dass Shelleys Lächeln müde wirkte, stellte er seinen Fuß zurück auf den Boden und zog den Flügel ein. „Ich will dich mal noch ein bisschen schlafen lassen", sagte er dann.

„Bist du denn hier im Haus?"

„Ja, die ganze Zeit."

„Das ist gut." Sie streckte die gesunde Hand aus und griff nach seinen Fingern. Seine Fingernägel waren zwar auch unnatürlich spitz, aber nichts, was Shelley verletzen konnte. Und dass sie ihn berühren wollte, gab ihm das Gefühl zu fliegen; und zwar auf eine Art, die er noch nicht kannte.

„Hör mal“, sagte er dann, „jetzt wo du weißt, dass ich ein mutierter Freak bin, dürfte ich dich da mal auf eine Schnabeltasse Tee einladen?“

Er zwinkerte in Richtung Nachttisch, wo das besagte Getränk bereitstand. Shelley lachte, hörte aber sofort wieder damit auf. Die Schmerzmittel hatten offenbar ihre Grenzen.

Dennoch nickte sie lächelnd. „Ich würde mich freuen.“

„Klasse!“ Und jetzt war es ihm auch egal, dass er wie ein Idiot grinste. Er war 20, hatte sich zum ersten Mal einem weiblichen Wesen als das gezeigt, was er war, und hatte ein Schnabeltassen-Date klargemacht. Wenn das kein Grund zum Grinsen war …

„Brauchst du noch irgendwas? Soll ich dir irgendetwas bringen?“, fiel es ihm dann noch ein.

„Nein, ich brauche nichts, aber …“

„Was?“

„Die drei Kerle, die mich überfallen haben. Kommen die nicht vielleicht zurück?“

„Einer ist geflohen, wir suchen ihn.“

„Und die anderen beiden?“

Sie bemerkte, dass Hawk die Fäuste ballte. „Sie werden dir nie mehr etwas antun können.“

„Sie sind tot?“

Hawk nickte.

„Hast du sie … umgebracht?“

Eigentlich hatte er gehofft, auf diese Frage nicht antworten zu müssen, zumindest nicht zu einem so frühen Zeitpunkt. Aber wenn sie beide wirklich eine Chance haben wollten, dann mussten sie ehrlich zueinander sein.

„Ich bin das, was ich bin, weil sich die Schöpfer einen Krieger, eine Waffe wünschten. Ich spüre keine Mordlust in mir, aber als ich die drei sah, wie sie dich …“ Er brach den Satz ab und straffte die Schultern. „Ich habe nicht gezögert, sie zu töten. Ja.“

Shelley

Sie wusste, dass es falsch war, sich über den Tod eines Menschen zu freuen; genauer gesagt zweier Menschen.

Doch ihre Erleichterung war genauso unleugbar wie die innere Überzeugung, dass es Kerle, die versuchten eine Frau tot zu prügeln, verdient hatten.

„Ich danke dir“, sagte sie leise und war in diesem Augenblick sehr froh, dass ihre Erinnerungen vor der Bewusstlosigkeit noch immer lückenhaft waren. „Dass die Dreckskerle nicht zurückkommen können, lässt mich freier atmen.“

„Und den dritten finden wir. Ich verspreche es dir.“

Shelley lächelte und nickte. Dann verabschiedete sich Hawk und schloss die Tür leise hinter sich.

Als er draußen war, sank ihr Kopf kraftlos ins Kissen. Sie war wirklich fix und fertig, ihr war etwas schwindelig und eine neue Schmerztablette konnte sie auch vertragen.

Dennoch fand sie weder Schlaf noch wollte sie die Ärztin herbeiklingeln, viel zu aufwühlend und faszinierend war es, was Hawk ihr erzählt hatte; und was er wirklich war: ein Wesen, wie aus einer anderen Welt.

Und er mochte sie, das war nicht zu übersehen, sehr sogar.

Mit diesem Gedanken gewann die Müdigkeit die Oberhand und sie schlummerte selig ein.

Als sie wieder aufwachte, hatte sie fast 20 Stunden durchgeschlafen.

Die Ärztin untersuchte sie, verkündete, dass die Drainagen am nächsten Tag entfernt werden konnten und dass das selbe auch für den Blasenkatheter galt.

Blasenkatheter! – Ein Wort, das Shelley erstarren und erröten ließ. Gleichzeitig! Gott sei Dank war der ominöse Auffangbeutel so unter den Laken versteckt gewesen, dass er Hawk nicht aufgefallen war.

Tatsächlich dauerte es aber noch zwei weitere Tage, bis der besagte Beutel entfernt werden konnte. Das war der Tag, wo Shelleys Drainagen entfernt worden waren und sie mithilfe der Ärztin Revenge und ihrer – wenn sie das richtig verstanden hatte – außergewöhnlich jungen Schwiegermutter in Spe aus dem Bett gehievt und auf beiden Seiten gestützt zur Toilette gebracht wurde.

Obwohl sie nur gebückt vorwärtskam und nach drei Metern das Gefühl hatte, als wäre sie gerade einen Marathon gelaufen, war es einfach fantastisch, wieder auf den eigenen Beinen unterwegs sein zu können.

„Die Heparin-Spritzen können wir wohl weglassen, wenn du dich weiterhin ein paarmal am Tag bewegst", erklärte Revenge zufrieden.

Shelley stimmte ihr schnell zu. Die fiesen Spritzen in den Oberschenkeln waren wirklich etwas, worauf sie verzichten konnte.

Hawk kam sie alle paar Stunden besuchen. Und als sie ihm am Abend nach ihrem ersten Toilettengang stolz präsentierte, dass sie wieder auf ihren eigenen Beinen stehen konnte, klatschte er freudig Applaus.

Dennoch wirkte er betrübt, so dass Shelley ihn darauf ansprach.

„Wir haben noch immer keine Spur von dem dritten Mann. Das ist doppelt nervenaufreibend, denn wir wollen erstens den Kerl selbst, der dir das angetan hat, und wissen außerdem, dass er für denjenigen arbeitet, der mein

Genom erschaffen hat."

„Der, der deine Mutter hat töten lassen?"

Hawk nickte und sein schwarzer Blick wirkte noch düsterer, als zuvor. „Ich kann nicht eher ruhen, bis ich ihn gefunden habe."

„Du willst ihn umbringen?", fragte sie vorsichtig.

„Das würde ich gerne, aber ich kann es nicht. Ich habe eine Programmierung in mir, sagt Caleb. Keine Ahnung, wie das funktioniert, aber ich kann den Schöpfer und mich selbst nicht töten."

Sie stockte. „Hast du … das denn schon versucht?"

Das traurige Lächeln, das sie zur Antwort bekam, war wie eine eisige Faust in ihrer Magengrube. „Nicht, seit ich dich kenne."

*

Am nächsten Tag drehte Shelley die erste Runde durchs Haus und lernte Corky und Betsy kennen, zwei Katzen, eine schwarz, die andere getigert, die Revenge und ihr Mann, den sie noch immer nicht getroffen hatte, offenbar aus einem Versuchslabor befreit hatten.

Als sie zwanzig Minuten später wieder auf ihrem Bett saß und das kleine Radio in Betrieb nahm, das auf dem kleinen Nachttisch stand, klopfte es an der Tür.

„Herein?"

Hawk streckte den Kopf ins Zimmer und bat um Einlass, den sie ihm gern gewährte.

Sein Anblick sorgte jedes Mal dafür, dass ihr Herz wie wild pochte. Nicht nur wegen der Flügel, die er im Haus ungeniert zeigen konnte, sondern auch wegen seines Lächelns und seiner lieben Worte. Für solche Dinge war sie zugegebenermaßen anfällig, denn viel Erfahrung hatte sie nicht darin, wie jemand behandelt zu werden, der etwas bedeutete.

„Ich dachte mir, jetzt, wo du nicht mehr aus der Schnabeltasse trinken musst, könnten wir auch hieraus trinken."

Er hob zwei Weingläser in die Höhe und eine Flasche.

„Oh, das würde ich gern. Aber ich weiß nicht, wie sich Alkohol mit meinen Schmerztabletten verträgt."

Hawk zog sich einen Stuhl ans Bett und stellte die Gläser auf den Nachttisch. „Alles schon mit der Frau Doktor besprochen. Sie meinte, wenn du es nicht übertreibst, wäre es kein Problem." Er stockte kurz. „Du magst doch Wein, oder?"

„Wenn er nicht zu trocken ist?"

„Zuckersüß."

„Perfekt." Sie setzte sich lächelnd in ihrem Bett zurecht und war froh, dass sie am Morgen das erste Mal in die Dusche gewackelt war. Zwar hatte sie sich dort auf einen Hocker gesetzt, doch mit gewaschenen Haaren und frischem Duft auf der Haut fühlte sie sich gleich viel besser.

Hawk gab ihr eines der halb gefüllten Weingläser und stieß mit seinem dagegen.

„Auf was stoßen wir an?", fragte er.

„Auf meinen Ritter in schimmernder Rüstung?"

Er grinste. „Nur, wenn wir auf die edle Jungfer, die gerettet werden musste, ebenfalls mit anstoßen."

„Das ist ein Wort." Sie hob ihr Glas und trank einen Schluck. Bei dem Gedanken, wie unmittelbar und unbewusst er ihren Beziehungsstatus auf den Punkt brachte, wurde ihr etwas schwindelig. Doch darüber hatte sie nun wirklich keine Lust nachzudenken.

Viel lieber konzentrierte sie sich auf Hawks schönes Gesicht mit den unergründlichen Augen, den nach wie vor atemberaubenden Anblick seiner Schwingen und den süßen Geschmack des Rotweins.

„Revenge sagte, du wärst schon ganz schön flott unterwegs“, bemerkte Hawk und stellte sein Glas ab.

Shelley nickte. „Ja, ich komme schon ohne fremde Hilfe aufs Klo und wieder zurück.“

Er lachte. Das mochte sie verdammt gern. Er war oft ernst und nun, da sie mehr Zeit mit ihm verbrachte, fiel ihr auf, wie oft seine Stimmung düster war, zumindest, wenn er glaubte, unbeobachtet zu sein.

„Dann können wir heute ja vielleicht einen Spaziergang rund ums Haus wagen. Was meinst du?“

Shelley war sich nicht sicher, ob ihre Füße schon stabil genug waren, dennoch bemerkte sie, dass sie euphorisch nickte; vielleicht sogar ein bisschen zu euphorisch.

„Gern“, sagte sie dann leise, um ihren Überschwang ein bisschen zu neutralisieren.

„Prima.“

Bevor Shelley dazu kam, ihren zweiten Schluck Wein zu trinken, klopfte es an der Tür.

Durch den Türspalt sah ein Mann ins Zimmer, den sie noch nie gesehen hatte.

Er hatte ein markantes Gesicht mit beinah wilden Zügen und wenn sie ihr Blick nicht täuschte, dann waren seine Pupillen senkrechte schmale Schlitze.

Das musste Caleb sein, der andere Alpha Helix-Träger. Sie schluckte trocken und war froh, dass sie mit ihm nicht alleine im Raum war.

„Hi!“, grüßte er sie knapp und wirkte dabei, als würde er die Luft anhalten.

„Hi", gab Shelley zurück.

Corky, der auf ihrem Schoß geschlafen hatte, sprang vom Bett und lief zu Caleb, der ihm mit einer riesigen, bekrallten Hand sanft über den Rücken strich.

Caleb wandte sich an Hawk. „Dein Programm hat etwas ausgespuckt!"

„Tatsächlich? Was?"

„Gute Frage! Das ist mir zu hoch! – Drum wollte ich fragen, ob du Zeit hast." Er warf Shelley einen Blick zu. „Tut mir leid, dass ich störe, aber das ist wichtig."

Obwohl er sich entschuldigte, wirkte er eher, als würde er sie auffressen wollen.

Shelley nickte hastig. „Kein Problem."

Caleb verschwand wieder aus dem Zimmer und Hawk sah sie entschuldigend an.

„Was meinte er, mit *dein Programm*?"

„Das Handy, das wir gefunden haben, war mehrfach passwortgeschützt. Und dahinter alle Inhalte verschlüsselt. Ich habe einen Crack geschrieben, um die Codes zu knacken. Vielleicht hat es geklappt."

„Du schreibst Computerprogramme?", fragte sie verwundert, woraufhin er ein Achselzucken von sich gab. „Wenn man ist wie ich, kommt man wenig unter Leute. Dann fängt man irgendwann an, sich mit Computern zu beschäftigen."

„Du bist ein Hacker!", stellte sie grinsend fest.

„Sozusagen. – Und vielleicht haben wir jetzt eine Spur!"

„Na, dann los!"

Hawk erhob sich und legte die Flügel an. Sie waren kleiner, wenn er entspannt war. Ganz offenbar war seine Transformation bis zu einem gewissen Grad zu regulieren.

„Aber wir holen das nach, ja?"

„Okay!“

„Trink nicht die ganze Flasche Wein alleine aus!“ Er hob mahnend den Finger und sie lachte.

„Ich versuche, mich zu beherrschen.“

„Versprochen?“

„Versprochen!“

Dann rauschte er aus dem Zimmer.

Hawk

Er betrat das Zimmer, das Caleb und seine Mutter als Büro eingerichtet hatten. Laut ersterem hatte Revenge überhaupt keine Schwäche für Büroarbeit und hielt sich nach Möglichkeit aus jedem Papierkram heraus.

Um zu ermöglichen, dass Hawk durch die zugegebenermaßen ziemlich ausgebuffte Firewall des Handys kam, hatte die technische Ausrüstung ein kleines Upgrade bekommen.

Revenge, Mary-Anne und Caleb sahen auf einen Bildschirm. Darauf war eine nackte Frau mit unnatürlich großen Brüsten abgebildet.

Als Caleb sich herumdrehte, um Hawk anzusehen, zeigte er darauf.

„Offenbar sein Sperrbildschirm."

Hawk nickte. „Habt ihr … irgendetwas angefasst?"

Caleb riss die Hände in die Höhe. „Um Gottes Willen!"

„Darf ich?"

„Bitte!"

Hawk zog den Schreibtischstuhl zurück und setzte sich, transformierte sich so gut es ging in seine menschliche Form, damit seine Flügel nicht überall aneckten.

Dann ließ er die Finger über die Tastatur flitzen.

„Okay, wir sind drin." Er griff sich den USB-Stick, den Mary-Anne auf seine Bitte hin bestellt hatte, und riss ihn aus der Verpackung, um ihn in den Port zu stecken.

„Was passiert denn jetzt?", wollte Revenge hinter ihm wissen.

„Zuerst ziehe ich alle Daten, die auf dem Handy sind, rüber auf den Stick, damit sie sicher sind. Und wenn das

Handy dann noch mitspielt, klone ich es auf dieses Prepaid Handy.“

„Warum sollte es denn nicht mitspielen?“, wollte Mary-Anne wissen.

„Mit so einer ausgeklügelten Firewall hat es vielleicht noch andere Schutzmechanismen. Es könnte sich automatisch formatieren und abschalten, wenn es mitkriegt, dass an den Daten herumgeschraubt wird. Außerdem müssen wir vorsichtig sein und es so schnell wie möglich ausschalten.“

„Warum?“ Mary-Anne wirkte unwillkürlich nervös.

„Weil es sein könnte, dass sie es orten. Und dann wüssten sie, dass es nicht mehr in der Gasse liegt und könnten leicht eins und eins zusammenzählen. Aber wenn es geklont ist und die Daten sicher, brauchen wir es nicht mehr. Es dauert höchstens fünf Minuten.“

Wieder flitzten seine langen Finger über die Tastatur.

Mit klopfendem Herzen beobachtete Hawk, wie der Balken mit dem Prozentanteil der kopierten Daten anwuchs. Als er endlich komplett war, gab er ein zufriedenes Geräusch von sich und steckte das Prepaid-Handy an den Rechner an.

Keine weiteren drei Minuten war es der Klon seines Vorgängers, dem Hawk den Akku herausriss, um es dann auf dem Boden zu zertrümmern.

„Da war jetzt also nichts Wichtiges mehr drauf?“, wollte Caleb mit einem Seitenblick auf die Handyleiche wissen.

„Nein“, erklärte Hawk ohne weitere Zweifel und wendete sich wieder dem Rechner zu, um die Daten auszulesen.

Wie es aussah, waren Profikiller keine Freunde von Apps und Onlinespielen.

Auch Selfies und Heimvideos suchte man vergebens.

Das einzige, das neben den Telefonverbindungen, die Hawk später überprüfen würde, tatsächlich interessant sein konnte, war der Kalender.

Er rief die aktuelle und die folgende Woche auf und studierte, was es dort zu lesen gab.

Die meisten Einträge waren undeutbare Abkürzungen, einige wenige Namen waren jedoch eingetragen, die man sicher würde überprüfen -“

„Großer Gott!“

Er fuhr herum, als er Mary-Annes Ausruf hörte. „Was ist?“

Sie zeigte auf den Monitor. „Empfang Blake, 19 Uhr“, las sie den Eintrag vor. „Blake ist … dein Schöpfer, Hawk.“

Hawk hatte mit vielem gerechnet, aber damit nicht. Fünfzehn Jahre hatte er diesen Mann gefürchtet und gehasst, seine schlimmsten Alpträume hatte er ihm zu verdanken, genauso wie das Leben in Einsamkeit und ständiger Angst. Und nun sollte er so unmittelbar vor seiner Nase sein?

„Blake“, wiederholte er tonlos. Seinen Namen hatte er noch nie gehört. Er schluckte und deutete ein Kopfschütteln an, um sich ein wenig zu fassen. „Hast du … ein Bild von ihm?“

Mary-Anne griff nach einer dicken Akte, die ihm erst jetzt ins Auge fiel.

„Einige“, sagte sie dabei. „Blake sitzt mehreren Stiftungen vor und besitzt eine eigene Herzklinik. In der Öffentlichkeit ist er ein Wohltäter.“

Hawk spuckte ein trostloses Lachen aus. „Soll das heißen, niemand weiß, was für ein Monster er ist?“

„Niemand außer uns“, sagte Caleb und zeigte auf die Akte. „Es hat meine Mutter fast zehn Jahre gekostet, um herauszufinden, wer er ist und was er getan hat; was er noch immer tut. – Blake ist mächtig. Jeder Vorwurf würde an ihm abprallen, dank schier endloser finanzieller Ressourcen und einflussreichster Freunde; wir sprechen hier von Senatoren und Pharmabossen.“

„Können wir ihn nicht einfach … erschießen?“

Caleb nickte. „Klar. Wir könnten ihn auch in Stücke reißen und ihm die Kehle zerfetzen. Was mich angeht, ich würde sogar Geld bezahlen, um dich bei diesem edlen Vorhaben unterstützen zu dürfen, aber das Problem ist, dass es damit nicht getan ist.“

„Du kannst dir nicht vorstellen, wie umfangreich und modern das Labor war, das wir zerstört haben, als Calebs Schöpfer starb“, warf Revenge ein. „Wir können nicht wissen, ja, müssen vielleicht sogar annehmen, dass Blake ähnlich ausgestattet ist; in Anbetracht seiner Stellung vielleicht sogar noch besser. – Er könnte bereits neue Versuchsreihen gestartet haben, er könnte Frauen gefangen halten, denen Embryonen eingesetzt wurden, womöglich Kinder, die die Alpha-Helix tragen. Wenn wir Blake einfach erschießen, und das wirklich der Fall ist, werden wir sie niemals finden und ihr Leid wird ewig andauern.“

Hawk schwieg betreten und versuchte, die Information zu verarbeiten. Am liebsten wäre er losgestürmt und hätte dem Mann das Herz aus der Brust gerissen, der für den Tod seiner Mutter verantwortlich war. Doch so sehr dieser Wunsch auch ein schmerzhaftes Pochen hinter seinen Schläfen war, so sehr wollte er auch verhindern, dass andere genauso litten wie er.

„Und was sollen wir stattdessen tun?“

„Gute Frage", kommentierte Revenge und nickte in Richtung Monitor.

„Blake gibt viele Empfänge, im Prinzip das ganze Jahr hindurch. – Aber da dieser Schläger offenbar dort erscheinen sollte, scheint es nicht den üblichen karitativen Zweck zu haben."

„Wir wissen von zwölf Wissenschaftlern, die sich mit der Alpha-Helix beschäftigen, elf sind noch am Leben. – Wenn die Männer, die Hawk finden sollten und wissen, was er ist, ebenfalls dort sind, können wir davon ausgehen, dass es bei dem Empfang zumindest im Hintergrund auch damit zu tun haben wird."

Hawk drehte sich herum und rief das Internet auf. Name und Datum reichten, um die entsprechende Veranstaltung auszuspucken.

„Wohltätigkeitsball", las er, „Edmund Blake lädt zum alljährlichen Wohltätigkeitsball in seinem Anwesen in den Hamptons. Zu den ausgesuchten Gästen werden auch in diesem Jahr wieder einflussreiche Persönlichkeiten wie der New Yorker Bürgermeister gehören."

Er drehte sich herum. „Wenn wir dort irgendwie hineinkämen, dann könnten wir vielleicht herausfinden, wo seine Forschungen stattfinden und ihn und alles, was er zu verantworten hat, hochgehen lassen."

Revenge lachte freudlos. „Der Gedanke ist gut, Hawk, aber …" Sie schüttelte den Kopf. „Wir sind nicht der Geheimdienst. Wir sind nur drei, jetzt vier Leute, die sich vorgenommen haben, einen ganzen Zirkel von Wissenschaftlern aufzuhalten, deren Ressourcen fast so unendlich sind, wie ihre Gier nach Macht und skrupelloser Forschung. Mein Gesicht ist dort schon lange bekannt, Caleb sowieso und auch seine Mutter ist als frühere Teilnehmerin des Programms dort erfasst. – Und von dir brauchen wir gar nicht zu reden."

„Keine Chance, Junge", bestätigte Caleb. „Wir kommen dort niemals rein."

„Aber ich komme rein."

Shelley

Als Shelley die Blicke der drei auf sich spürte, schrumpfte ihre Gestalt ein wenig zusammen. Dennoch versuchte sie, sich möglichst aufrecht auf ihre Krücke zu stützen und trotz ihres geblümten Bademantels eine respektable Gestalt abzugeben.

Wenigstens trug sie Jogginghosen darunter und nicht mehr dieses grässliche Nachthemd.

Sie hatte damit gerechnet, dass Hawk sie sofort für geistesgestört erklären würde, doch stattdessen sprang er von seinem Stuhl, rollte ihn quer durch den Raum und schob ihn Shelley unter den Hintern.

Dann drückte er sie an den Schultern sanft aber nachdrücklich auf die gepolsterte Sitzfläche.

Die anderen Anwesenden schwiegen und blickten sie und Hawk abwechselnd an.

„Sie scheinen dir den Vortritt lassen zu wollen“, sagte Shelley in die Stille hinein.

„Vortritt wobei?“

„Damit, mir zu sagen, dass ich verrückt bin!“

„Shelley …“ Daran, dass seine Flügel mit einem leichten Flattern anwuchsen, konnte sie seine aufgebrachte Stimmung ablesen. „Das wäre viel zu gefährlich. Du kannst doch kaum gehen.“

Sie hatte lange genug in der Tür gestanden, um den Großteil des Gesprächs mitanhören zu können. Sie zeigte auf den Kalender. „Der Empfang ist erst übermorgen. Bis dahin kann ich mich wieder grade halten, nicht wahr, Revenge?“

„Nun …“

„Und du bist doch so ein schlauer Hacker!“, fuhr Shelley an Hawk gewandt fort. „Finde raus, welche Cateringfirma für den Empfang verantwortlich ist. Schleuse mich rein. Ich habe schon früher auf Empfängen gearbeitet, oder glaubst du, ich bin in diesem schäbigen Diner geboren worden?“

„Aber du kannst doch kaum laufen“, versuchte er es noch einmal. „Zwei Tage hin oder her. Du kannst keine Tabletts mit Getränken durch die Menge balancieren, als wärst du kerngesund.“

„Das habe ich auch nicht vor.“

„Sondern?“

„Auf jedem privaten Empfang gibt es eine Bar. Wenn der Gastgeber keine hat, wird eine aufgebaut. Dafür gibt es gesondertes Personal, das nicht durch die Menge irrt, sondern fest dort platziert ist. Sorge dafür, dass ich dort eingeteilt bin, und alles ist perfekt. Von dort aus kann ich beobachten, was vor sich geht. Und wenn ich diesen Blake sehe, dann kann ich nachvollziehen, was er tut und mit wem er sich unterhält. Ich könnte auch eine Wanze irgendwo anbringen oder etwas in der Art.“

„Und wenn er dich erkennt?“

„Erstens kennt er mich nicht, nur die Schläger, von denen zwei tot sind und einem hast du doch die Brust bis zu den Rippen aufgeschlitzt, der wird sicher noch nicht wieder fit für den Smoking sein, falls er noch lebt. Und zweitens achtet niemand auf Personal. Wir sind für die feinen Leute unsichtbar, glaub mir, ich spreche aus persönlicher Erfahrung.“

Sie wollte nicht verbittert klingen, schaffte es aber dennoch nicht ganz, dieses Gefühl aus ihrer Tonlage zu verbannen.

Hawk sog hörbar die Luft in seine Lungen. „Das ist doch Wahnsinn. Es ist viel zu gefährlich."

„Es ist eure einzige Möglichkeit, ihm nahezukommen. Oder gibt es sonst noch jemanden, dem ihr anvertrauen könnt, was vor sich geht, und der das für euch tun könnte, das ich tun kann." Als Hawk schwieg, erhob sie sich langsam und machte einen Schritt auf ihn zu. Sie hatte noch nie so unmittelbar vor ihm gestanden und ihr Herz hämmerte genauso, wie ihre Haut prickelte.

„Lass mich euch helfen, Hawk! - Bitte!"

Er senkte den Kopf ein wenig zu ihr. „Ich will nicht, dass dir etwas passiert", sagte er leise. „Ich ertrage den Gedanken nicht."

„Dann müsstest du ja verstehen können, warum ich dir helfen will."

Hawk drehte sich herum. „Wäre sie denn fit genug für so etwas?", wollte er von Revenge wissen, die skeptisch die Achseln zuckte.

„Wenn sie wirklich nur mehr oder weniger auf einer Stelle steht und nichts Schweres heben muss, vielleicht. – Aber Shelley, du darfst nicht vergessen, dass wir dich nicht unterstützen können dort drin. Wenn du erst einmal in Blakes Haus bist, bist du auf dich alleingestellt."

Shelley nickte ernst.

„Ich habe nicht vor, mich in Schwierigkeiten zu bringen."

Als sie wieder zu Hawk aufsah, bemerkte sie den Schmerz in seinem Blick genauso wie den Widerstand, der langsam bröckelte.

Er wusste genauso gut wie sie, dass ihre Hilfe das einzige greifbare Mittel war, um in Blakes Nähe zu kommen.

„Dich in das Haus dieses Monsters zu lassen, ist nicht richtig", sagte er noch einmal, doch Shelley schüttelte nur den Kopf.

„Es ist das einzig Richtige, und du weißt es." Dann sah sie entschlossen zu Revenge auf. „Du sagtest, ihr seid zu Viert. – Ich sage euch, wir sind jetzt zu fünft!"

*

Als Shelley wieder zurück in ihrem Krankenzimmer war, dauerte es nicht lange, bis Hawk an ihre Tür klopfte.

„Darf ich reinkommen?"

„Nur, wenn du nicht versuchst, mich umzustimmen!"

Er öffnete die Tür und kam ans Bett. Mit ihm kam ein eisiger Luftzug, der sie frösteln ließ.

„Ich habe eine Runde gedreht, um den Kopf freizubekommen", erklärte er und sie sah nickend zu seinen transformierten Flügeln auf.

„Welche Spannweite hast du?", fragte sie.

„Ungefähr sechs Meter."

Keiner von beiden schien besonders scharf darauf zu sein, das Thema erneut anzuschneiden. Keiner von beiden … schien sich streiten zu wollen.

„Es ist richtig, weißt du?", sagte Shelley dennoch nach einer Weile. „Dir zu helfen."

„Aber doch nicht, wenn du dabei womöglich verletzt wirst. Oder Schlimmeres."

„Es macht aber keinen Sinn, sich zu mögen, wenn man sich nicht gegenseitig hilft."

„Ich will aber nicht, dass du dich in Lebensgefahr bringst, nur weil du glaubst, dazu verpflichtet zu sein."

„Ich fühle mich überhaupt nicht verpflichtet!“, fuhr sie auf. „Ich *will* dir helfen! Kapierst du das nicht? Ich will bei dir sein und einen Teil dazu beitragen, dass du vor all diesen Dingen nicht mehr fliehen musst.“

Er öffnete den Mund, doch Shelley unterbrach ihn mit einem mahnend erhobenen Zeigefinger.

„Und wenn du mich jetzt fragst, warum ich das will, dann knall ich dir eine! Mir scheißegal, ob du ein Mutant mit Superkräften bist! Wenn du nicht kapierst, wie gern ich dich mag, dann hast du eine saftige Ohrfeige verdient! Mindestens!“

Nun musste er lächeln, obwohl er das ganz offensichtlich nicht wollte.

„Weißt du“, sagte er dann leise und sie meinte, einen Hauch von Röte auf seinen Wangen zu sehen, „du bist überhaupt das erste Mädchen, das mich so sieht, wie ich bin. Man muss mir meine Unfähigkeit also ein bisschen nachsehen.“

Shelley hob die Brauen. „Das erste Mädchen?“

Er nickte.

Sie konnte nicht anders, als ihn fassungslos anzustarren. Vor ihr saß das schönste Wesen der Welt und erzählte ihr, dass er noch nie …

Du großer Gott, das machte ihn ja gleich noch viel sexyer! Falls das möglich war! Unweigerlich glitt ihr Blick über seine gewölbte Brust, hinauf zu den breiten Schultern, um in sein Gesicht zu blicken, das genauso männlich wie schön war. Seine schwarzen Augen musterten sie undurchdringlich.

„Hast du denn schon einmal ein Mädchen geküsst?“

„Einmal“, gab er widerwillig zu. „Es war in einem Klub und … naja, es war dunkel und sie hatte schon einiges getrunken und einen verdammten Eimer Nachos mit Knoblauchsoße gegessen.“ Er schüttelte sich und Shelley musste lachen.

Also „Nachos mit Knoblauchsoße sind ein No-Go?“

„Absolut!“

„Dann bin ich ja froh, dass ich keine gegessen habe.“

Er sah sie verwundert an. „Wie meinst du -?“

Doch da hatte sie sich schon ein Herz gefasst und das getan, worüber sie all die Tage, die sie hier war, nachgedacht hatte: Sie küsste ihn!

Sie rappelte sich im Bett auf die Knie, schlang ihren Gesunden Arm um seinen Nacken und legte die Lippen auf die seinen.

Shelley hatte keine Ahnung gehabt, wie es sich wirklich anfühlen würde, ihn zu berühren. Doch so viel stand fest: es war tausendmal besser, als in ihrer Fantasie.

Seine Lippen waren weich, seine Brust, gegen die sie sich presste muskulös und warm, und darunter hämmerte sein Herz so sehr, dass sie es spüren konnte.

Als sie vorsichtig seine Unterlippe zwischen ihre Lippen zog, fuhr ein Ruck durch seinen Körper, als würde ein Stromschlag durch seine Glieder fahren.

Als sich seine Arme fragend um ihren Körper schlangen und sie näher an sich zogen, stöhnte sie an seinen Lippen.

Verdammt, das war keine schlichte Knutscherei. Die eigentlich unschuldige Berührung ihrer Lippen stürzte sie in einen Strudel aus Gefühlen, deren Intensität sie völlig überrollte; vor allem, als Hawk ihren Kuss erwiderte, ihren Mund sanft mit seinen Lippen liebkoste und sie dabei enger an sich zog.

Shelleys Denkvermögen setzte in einem Maß aus, wie es keineswegs geplant war. Sie konnte nur registrieren, wie sich ihre Hand verselbständigte, über Hawks Nacken strich und die seidigen Flügel.

Die andere Hand lag auf seiner Hüfte, was einerseits wegen der seitlichen Verletzungen kaum anders möglich war, und gleichzeitig doch Körperkontakt gewährten, denn danach sehnte sie sich, mehr als alles andere.

„Das … ist nicht normal, glaube ich“, hauchte sie an seinen Lippen, doch anstelle einer Antwort, beugte sich Hawk über sie und bettete sie zurück in den Kissen, immer peinlichst besorgt darauf bedacht, ihre verletzte Seite weder zu berühren noch mit seinem Gewicht zu belasten.

Dann küsste er sie wieder, schob dabei einen Arm unter ihren Rücken und presste sie an sich.

Eine kochende Woge der Erregung schwappte durch ihren Körper und überschlug sich dort, wo sie nun sein Gewicht auf sich spürte. Seine Hüften kreisten auf ihren, ließen sie spüren, wie sehr er sie begehrte, ohne dass er dem Verlangen nachgab.

Ihr wurde schwindelig und heiß. Ihre Hand fuhr unter sein dünnes Shirt und folgte der Kontur seiner Rückenmuskeln bis hinab zu seinem Hosenbund.

Ihre Fingerspitzen prickelten. Sie wollte ihm dieses verdammte Kleidungsstück abstreifen. Sie wollte nackt mit ihm sein, doch bevor es dazu kam, brandete eisiger Wind auf.

Irgendwo hörte sie Glas zerspringen und das dumpfe Geräusch, wenn Dinge zu Boden fielen.

Als sie blinzelnd die Augen öffnete, sah sie Hawks Flügel, die über ihr schlugen. Plötzlich fiel ihr auf, dass unter ihr kein Bett mehr war. Sie lag in Hawks Armen … etwa einen Meter über der Bettdecke.

„Oh“, sagte er nur, als er bemerkte, was vor sich ging. Langsam ließ er Shelley wieder hinab aufs Bett sinken und löste sich von ihr. „Tut mir leid, ich … - das war unbewusst.“

Er rieb sich verlegen den Nacken und war merklich außer Atem. Shelleys Wangen brannten noch immer vor Verlangen, was auch Hawk aufzufallen schien.

Sie lächelte ertappt. „Ich wollte dich eigentlich nur küssen.“

„Hat sich wohl verselbständigt“, gab er zurück und bemühte sich sichtlich, zu Atem zu kommen.

„Scheint so.“

„Ich schätze, ich mag es, wenn es sich verselbständigt.“

Shelley grinste und schob sich unnötigerweise die Haare aus der Stirn. Die krause Masse machte doch sowieso, was sie wollte.

„Ich mag es auch, denke ich. Ich meine … in einem weniger lädierten Zustand wäre es sicher …“

„Oh ja, das wäre es sicher …“ Hawk schaffte es nicht mehr, ihr länger in die Augen zu sehen und nickte stattdessen zur Seite.

„Ich schätze, ich muss erstmal aufräumen.“

Durch den Wind, war alles aus den Regalen und vom Tisch gefallen, was nicht niet- und nagelfest war. Zwei Vasen und eine Teetasse hatte es genauso erwischt wie einen Teller, auf dem Shelley einen halbaufgegessenen Bagel zurückgelassen hatte.

„Soll ich dir helfen?“

„Nein!“ Als er sie wieder ansah, war sein Blick ernst. „Wenn du das wirklich machen willst auf Blakes Empfang“, sagte er, „dann musst du dich bis dahin schonen. Dir darf nichts geschehen, hörst du? Nichts!

Unter gar keinen Umständen!“

Shelley blickte ihn fest an. Ihre Gefühle fuhren Achterbahn und obwohl sie nicht behaupten konnte, dass sie sich gerne in Lebensgefahr begab, nickte sie entschlossen.

Nichts und niemand konnte sie davon abhalten, Hawk zu helfen.

*

In den nächsten beiden Tagen wurde Shelley von allen Seiten bearbeitet.

Hawk überschüttete sie mit mahnenden Worten und Instruktionen. Der Plan war, dass Shelley sich hinter der Bar platzierte und alles beobachtete. Dabei trug sie sowohl Mikro als auch eine Kamera am obersten ihrer Knöpfe. Wenn sie Blake tatsächlich zu Gesicht bekäme, würde Hawk versuchen, das Gespräch über das Mikro herauszufiltern, falls sich sogar die Möglichkeit ergab, dass Shelley ihn in einen Raum abseits des Geschehens gehen sah, würde sie versuchen, dort eine Mini-Kamera anzubringen. Ansonsten würde sie sich unauffällig verhalten und an bornierte Säcke Champagner ausschenken.

Dieser Plan war simpel und Shelley betonte immer wieder, dass es nicht nötig war, ihn alle zehn Minuten zu wiederholen.

Geküsst hatten Hawk und sie sich seit dem ersten Kuss nicht noch einmal, obwohl ständig dieses Vibrieren in der Luft lag und dieses Kribbeln in ihrem Körper, wann immer sie sich begegneten.

Caleb stattete sie mit einem Messer aus, das sie für alle Fälle unter dem Kleid tragen sollte. Und Revenge pumpte sie bis zu den Haarspitzen mit Schmerzmitteln voll, als der Tag gekommen war.

Mit pochendem Herzen stieg sie in die Uniform des Service-Personals, das Hawk nachgeordert hatte. Die krause Lockenmähne hatte sie im Nacken zu einem Knoten gefasst und als Shelley nun vor den bodentiefen Spiegel trat und sich in dem engen, roten Kleid betrachtete, das ihr bis zu den Knien reichte, fühlte sie sich tatsächlich ziemlich sexy.

„Klopf! Klopf!“ Hawk wartete keine Antwort ab und kam ins Zimmer. „Ich wollte dich fragen, ob du fertig … - Wow!“ Sein völlig fassungsloser Gesichtsausdruck war das schönste Kompliment, das sie sich vorzustellen vermochte.

„Gefalle ich dir?“

„Gefallen?“ Er stieß ein Lachen aus und starrte sie weiterhin an, ohne zu blinzeln. „Ich glaube, das ist die Untertreibung des Jahrtausends! Du bist wunderschön, Shelley! Wunderschön!“ Dann zog er die Stirn kraus. „Eigentlich *zu* schön! Du sollst doch unauffällig bleiben!“

Shelley winkte ab. „Diese Catering-Tussis sind doch alles verkappte Models und Starlets. Wenn ich da auffalle, dann höchstes unangenehm. Ich hoffe, ich bin nicht die einzige Farbige.“

„Erstens: das mit dem unangenehm auffallen ist totaler Quatsch. Das werde ich dir an geeigneter Stelle nochmals klarmachen. Zweitens: Nein, bist du nicht. Ich habe den Belegungsplan des Caterers etwas umgestaltet und du wirst mit zwei weiteren Mädchen hinter der Bar stehen. Eine von ihnen hat ebenfalls deine wunderschöne Hautfarbe.“

„Du bist ein ziemlich netter Kerl, weißt du das?“

„Für einen Mutanten, meinst du?“

„Ja, genau.“

Sie zwinkerte und Hawk lächelte zurück. Doch als er in seine Tasche griff, war die Anspannung zurück.

„Das hier ist Mikro und Kamera in einem. Ich hefte es dir vorne ans Kleid.“ Er stockte mit einem Blick auf ihr üppiges Dekolletee und den nicht minder üppigen Ausschnitt. „Oder willst du selbst?“

Shelley schüttelte unschuldig den Kopf. „Nein, nein. – Mach ruhig.“

Hawk nahm die Herausforderung an und beugte sich mit dem kleinen technischen Wunderwerk in Form eines Knopfes über sie. Unwillkürlich hielt Shelley den Atem an.

Ihr ganzer Körper bebte, und je näher Hawk ihr kam, desto stärker wurde das Gefühl; als wäre sie ein Pol, der von seinem Gegenstück mit aller Kraft angezogen wurde.

Als Hawks Finger ihre Haut streiften, schoss ihr Puls in die Höhe; oder vielmehr in die Tiefe, denn das verlangende Pochen setzte sich an ganz anderer Stelle ihres Körpers fort.

Sie sah an sich hinab und bemerkte, dass Hawks Finger zitterten.

„Stich mich nicht mit dem Ding“, scherzte sie und er lachte angespannt.

„Ich geb‘ mein Bestes, wirklich!“

Nach einigen Sekunden schaffte er es tatsächlich, den Knopf mittig anzubringen, und ließ wieder von Shelley ab.

Er nahm ein Tablet vom Nachttisch und kontrollierte, ob die Kamera lief.

„Gut“, erklärte er dann zufrieden, „und jetzt sag bitte einmal etwas.“

„Mir wurde gerade eine Kamera angesteckt vom *Sexiest Mutant Alive*.“

Als er den Blick hob, grinste sie breit.

„Und? Läuft das Ding?“

„Bin mir nicht sicher. Wiederhol‘ das doch noch einmal!“

„Später, Hawk.“ Sie nickte und wurde ein wenig ernster bei dem Gedanken, was sie vorhatte. „Danach.“

Er griff nach ihrer Hand und strich mit dem Daumen über ihre Handfläche. „Bitte, pass da drinnen auf dich auf! Keine Heldentaten!“

„Ich verspreche es!“

„Okay.“

Als es an der Tür klopfte, drehten sich beide herum.

Caleb streckte den Kopf herein. „Von mir aus kann’s losgehen!“

Hawk blickte Shelley fest an. „Letzte Chance, einen Rückzieher zu machen.“

Anstelle einer Antwort hob sie den Blick zu Caleb und nickte. „Wir können gehen.“

*

Sie fuhren in einem Van zu Blakes Anwesen. Die Fahrt dauerte fast eine Stunde und wurde von den beiden Männern hauptsächlich dazu genutzt, Shelley mit Instruktionen und Warnungen vollzupumpen.

Als diese Revenge hilfesuchend einen Blick zuwarf, gab sie nur ein Achselzucken von sich.

„Sie machen sich eben Sorgen“, erklärte sie milde.

„Aber ich bin nicht dumm.“

„Hier geht es nicht um dumm oder schlau“, erklärte Hawk ernst, „hier geht es um Gewissen oder Gewissenlosigkeit. Egal, wie schlau du bist, einem Menschen ohne

Moral und Hemmungen, wenn es um Brutalität geht, hast du nichts entgegenzusetzen."

Shelley schwieg. Denn darauf wusste sie wirklich keine Antwort.

„Bist du wirklich sicher?", fragte Hawk zum gefühlt eintausendsten Mal.

Als Shelley gerade den Mund zur ebenfalls eintausendsten Antwort öffnen wollte, spürte sie Calebs Hand auf ihrem Oberarm.

Die Berührung war erschreckend intensiv und als sie den Blick nach vorne zum Fahrersitz richtete, blickte er nicht sie sondern Hawk an.

„Sie ist bereit, Hawk", war seine schlichte Feststellung. „Mehr, als du es dir wohl vorstellen kannst."

Daraufhin sagte keiner mehr etwas im Wagen, bis sie in den Hamptons angekommen nur noch eine Häuserecke von Blakes Anwesen entfernt waren.

„Und vergiss nicht, du bist Betty Morgan, arbeitest für Eternity & Lux und bist für den Empfang an der Bar eingeteilt. – Hast du die Kamera?"

Sie nickte.

„Wo?"

„Bleibt mein Geheimnis."

Während Hawks Mundwinkel zuckte, fragte Caleb: „Hast du auch das Messer?"

„Sicher verstaut und griffbereit."

„Gut."

Als sie wieder zu Hawk sah, stand ihm die Sorge ins Gesicht geschrieben. Ihm war unschwer anzusehen, dass er sie gerne in einem Erdloch versteckt hätte, bis all dies vorüber war.

„Ich frage dich jetzt nicht noch einmal, ob du nicht einen Rückzieher machen willst, weil ich mir damit allmählich blöd vorkomme."

„Verständlicherweise."

Er lächelte und nahm ihre beiden Hände in die seinen. „Bitte pass auf dich auf!"

„Das werde ich. Versprochen."

Hawk atmete tief ein und nickte Revenge zu, die die Schiebetür des Vans öffnete.

„Wir hören und sehen dich", erinnerte sie Shelley.

Shelley nickte, fasste sich ein Herz und stieg aus dem Wagen.

Sie blickte nicht mehr zurück, sondern konzentrierte sich auf ihre Aufgabe, ihren angeblichen Namen und all die Hilfsmittel, die sie am Körper trug.

Dank Revenges kleinem Cocktail spürte sie fast gar keine Schmerzen in der Seite. Solange sie sich nicht schnell bücken oder wirklich schwer tragen musste, würde es hinter der Bar sicher keine Probleme geben.

Als sie vor Blakes Anwesen ankam, stockte sie unwillkürlich.

Das Ding sah aus, wie das Weiße Haus, zumindest war es weiß und so riesig und angeberisch prunkvoll, dass sie sich in etwa vorstellen konnte, über welche Mittel dieser Mann verfügte.

In der Auffahrt – falls dieses riesige Areal mit Springbrunnen, überhaupt so genannt werden konnte – waren mindestens zehn Sicherheitsleute, die betuchte, in Seide und maßgeschneiderte Anzüge gekleidete Paare willkommen hießen und gleichzeitig dafür sorgten, dass nicht die falschen Leute in Blakes Haus spazierten.

Sie schluckte; falsche Leute, so wie sie selbst.

„Hey!“

Shelley fuhr herum. Sie hatte den Lieferwagen mit der Aufschrift „Eternity & Lux“ gar nicht gesehen, bis er nun neben ihr stand. Eine junge Frau hatte die Scheibe heruntergekurbelt und lächelte freundlich. Sie sah fantastisch aus, wie ein Model.

„Du musst Betty sein, richtig?“

„Ja, genau.“ Sie lächelte und mahnte sich zur Entspannung. „Woher -?“

„Na, die Service-Uniform! Und außerdem bist du das einzige Gesicht, das ich noch nicht kenne!“

Sie strahlte über beide Ohren. Vermutlich war dies genau das fröhliche Gemüt, das man brauchte, wenn man Tag ein, Tag aus diese bornierten Säcke mit Champagner vollpumpen musste.

„Ich hoffe, ich bin nicht zu spät“, improvisierte sie schnell.

„Nein, nein. Perfekt. – Joe fährt hinten rum, wir laden das Büffet aus. Ich rutsche rüber, dann kannst du mitfahren.“

Diesmal war Shelleys Strahlen echt. Es gab wohl keine bessere Tarnung, als direkt im Lieferwagen mitzufahren.

Sie stieg dankend in den Wagen und quetschte sich neben die junge Frau, die sich ihr als Cherry vorstellte.

Während Shelley noch überlegte, ob das wohl so eine Art Deck- oder Künstlername war, unterbrach Cherry ihre Gedanken mit einem sanften Stoß in die Seite.

„Du bist echt hübsch“, sagte sie, was Shelley gelinde gesagt überraschte.

„Äh … danke. Du auch.“

Cherry lachte ein glockenklares Lachen, das genauso klangvoll war, wie ihr Gesicht symmetrisch, ihre Augen blau und die Lippen voll.

Sie umrundeten Blakes Anwesen, nachdem der Fahrer namens Joe dem Sicherheitsmann seinen Ausweis gezeigt hatte, und dann wurde Shelley schon von Cherry aus der Tür geschoben.

Joe kam um den Wagen herum und zog die Schiebetür auf. Er war genauso wortkarg, wie er jung war. Shelley fragte sich, ob die beiden ein Paar und Chef des Catering-Unternehmens waren. Oder ob sie genauso bedienen sollten, wie sie selbst.

„Ich nehm‘ die Getränke und die leichten Sachen lass ich euch Saftschubsen übrig, wenn's recht ist!“

Obwohl Cherry ihm auf diesen Satz hin einen Knuff versetzte, war das Shelley außerordentlich Recht. Sie hätte niemals eine Kiste mit Wasserflaschen tragen könnten und hielt sich gerne an die Körbe mit Horsd'œuvre und Brotstangen.

Nach und nach trudelten immer mehr junge Frauen ein, die die selbe Uniform wie Shelley trugen. Sie begrüßten ihre Kolleginnen überschwänglich und hießen auch Shelley, die auf gar keinen Fall vergessen durfte, dass sie für die nächsten Stunden Betty hieß, wurde herzlich begrüßt.

Als eine andere dunkelhäutige Frau zu ihnen stieß, sah Shelley auf.

„Hey, Betty!“ Cherry winkte sie zu sich. „Das hier ist Marla, deine Verstärkung hinter der Bar.“

Die beiden begrüßten sich mit einem festen Händedruck und stellten sich noch einmal vor.

„Na, wir werden die Party schon rocken“, entschied Marla und schnappte sich eine Styroporbox, die wohl warmes Essen enthielt.

Shelley schaffte es, sich um die schweren Dinge zu drücken und stand eine knappe Stunde später schon ein wenig erleichtert hinter der mit weißen Tüchern abgedeckten und mit roten Kerzen geschmückten kleinen Bar, wo sie zusammen mit Marla Champagnerflöten füllte.

„Bist du schon lange bei Eternity & Lux?“, wollte Shelley an ihre temporäre Kollegin gewandt wissen.

Marla gab ein Achselzucken von sich. „Seit einem knappen Jahr. Ich finanzier mir damit die Theaterschule.“ Sie stellte eines der Gläser aufs Silbertablett und griff nach einem leeren. „Meine Eltern sind schier ausgerastet, als ich ihnen gesagt habe, ich will an den Broadway. Sie wollten mir keinen Cent geben und drohten mich rauszuwerfen, wenn ich nicht vernünftig werde.“ Sie zwinkerte. „Sie würden mich natürlich nie rauswerfen, weil sie mich lieben. Der Job beim Catering ist der Kompromiss. Ich finanziere mir damit die Hälfte der Schule und die Hälfte meines Lebensunterhalts.“

Shelley lächelte, auch wenn es ihr etwas schwerfiel. Ihre Mutter hatte überhaupt keine Probleme damit gehabt, sie rauszuwerfen. Und damals war sie erst 17 gewesen. Aber Moms neuer Freund war gegen sie gewesen, also hatte sie verschwinden müssen.

„Das ist ja ein toller Kompromiss“, zwang Shelley sich dennoch zu sagen.

„Ja, nicht? Finde ich auch!“

„Hey, Foxy Browns!“

Marla wirbelte herum und grinste, als sie den jungen Mann erkannte, der auf sie zueilte.

„Hey, Bill. – Schön, dass du heute auch da bist!“

Der junge Mann, der Bill hieß und seinem roten Anzug nach zu urteilen, wohl auch zum Catering-Personal gehörte, schloss Marla in die Arme und hauchte Shelley einen Kuss auf die Wange, noch bevor sie reagieren konnte.

„Bei so viel Schönheit weiß man gar nicht, wo man zuerst hinschauen soll“, erklärte er und brachte Marla zum Grinsen. Auch Shelley lächelte und deutete einen Knicks an.

„Danke, Danke!“

„Lasst euch bloß nicht von den alten Säcken begrapschen, die hier gleich aufschlagen. Hab gehört, dieser Blake soll was für junge, exotische Mädels übrighaben.“

Während Shelley bei der Erwähnung des Namens Blake unwillkürlich erstarrte, winkte Marla lachend ab.

„Der soll mir mal ankommen“, erklärte sie überschwänglich. „Wäre nicht der erste Oktopus, den ich mir erfolgreich vom Leib halte.“

„Also kein Interesse an einem bis zu den ergrauten Haarspitzen mit Geld vollgepumpten Sugardaddy, Marla?“

„In etwa so viel Interesse, wie an Beulenpest!“

Bill verschwand nach ein paar weiteren Minuten Smalltalk und der Saal füllte sich allmählich mit Gästen.

Shelley versuchte, sich ihre Nervosität nicht anmerken zu lassen, was speziell dann, wenn sie eine der filigranen Champagnerflöten weitergeben und dabei charmant lächeln sollte, gar nicht so leicht war.

Bisher war jedoch weder von Blake noch von einem Gorilla, wie die, die ihr in der Gasse aufgelauert hatten, etwas zu sehen.

„Aufgeregt?“, wollte Marla wissen.

Shelley drehte sich ertappt herum. „Was? Achso … nein, ich …“

„Mach dir keine Gedanken! Ich war auch nervös bei meinem ersten Empfang. Du bist hübsch und verschüttest nichts, was kann man mehr wollen?“

Das war schon das zweite Mal an diesem Tag, dass ihr jemand sagte, sie wäre hübsch. Das war zwar schmeichelhaft, linderte ihre Nervosität jedoch nicht im Geringsten.

Als plötzlich Applaus aufbrandete, hob sie den Blick. Und erstarrte.

Der Mann, der drei Treppenstufen hinauf auf eine Art Podest oder Miniaturbühne stieg, war niemand anders als Hawks Schöpfer.

Shelley hatte sich gedacht, dass er groß und furchteinflößend sein musste, doch in Wirklichkeit war er kaum größer als sie selbst, hatte einen unübersehbaren Bauchansatz und zu kurze Beine für seinen Oberkörper. Die Haare fehlten ihm fast genauso vollständig, wie der Hals und auf seiner schmalen Nase saß eine schwarze Brille.

Er wirkte harmlos; harmloser als harmlos. Und wenn sie nicht vor weniger als einer Stunde noch sein Antlitz studiert hätte, wäre sie nicht in tausend Leben darauf gekommen, dass dieser Mann ein berechnender, skrupelloser Wissenschaftler und eiskalter Mörder war.

Mit einer Geste, die bescheiden wirken sollte, hob er beide Hände.

„Danke, danke!“, rief er über das immer noch andauernde Klatschkonzert hinweg und nickte noch ein paarmal, bis der Applaus tatsächlich leiser wurde.

„Sie auch in diesem Jahr auf meinem bescheidenen Wohltätigkeitsempfang begrüßen zu dürfen, ist wohl die größte Freude, die Sie mir machen konnten.“

Das eloquente Lachen der Zuhörerschaft konnte Shelley nur mit einem Augenrollen quittieren.

„Und weil Sie mir eine so große Freude machen“, fuhr Blake fort, „will ich Sie auch mit langen Reden verschonen und komme direkt zu den beiden Kerninformationen: Zur linken Büffet und Bar, zur rechten meine bezaubernde Assistentin, die Ihre üppigen Schecks entgegennimmt! Vielen Dank!“

Mit dieser tatsächlich sehr knappen Ansprache verschwand Blake wieder von seinem Podest herunter und verschwand in der Menge.

Shelley versuchte, festzustellen, wo er hingelaufen war, doch dank mangelnder Körpergröße, gelang ihr das leider nicht.

„Verdammt!“

„Alles in Ordnung?“, wollte Marla wissen.

„Oh, ja, ja. Sorry! Hab meine Schuhe noch nicht eingetragen und die Biester werden jetzt wirklich ungemütlich.“

„Na, das kenne ich. Gar nicht schön.“

Shelley lächelte, nickte und ermahnte sich, ihre Unmutsäußerungen nächstes Mal für sich zu behalten.

Es verging fast eine halbe Stunde, in der sie nur Champagner ausschenkte, Leuten die Horsd’œuvre erklärte und dabei vergebens versuchte festzustellen, wohin dieser Blake wohl abgehauen sein könnte.

Es war ja schließlich sein Empfang, da musste er doch irgendwo aufzutreiben sein.

Während ihr Blick über die Gäste schweifte, wurde vor ihr ein Champagnerglas abgestellt.

Mit dem bereits antrainierten Lächeln drehte sie sich herum. „Darf ich Ihnen -“ Sie stockte. Blake stand vor ihr mit einem schiefen Grinsen und einem leeren Champagnerglas.

„Sie dürfen mir alles Mögliche, schönes Kind. Für den Anfang wäre ich mit einem neuen Glas Champagner zufrieden.“

Der Würgereiz rollte durch Shelleys Magen und sie bemerkte, dass ihr noch immer der Mund halb offenstand.

Reiß dich zusammen, ermahnte sie sich, und spürte im nächsten Augenblick, wie das Lächeln auf ihr Gesicht zurückkehrte.

„Sehr gern, Sir."

Während sie sich innerlich die Seele aus dem Leib kotzte und bei dem Gedanken an das, was dieser verdammte Dreckskerl Hawk angetan hatte, am liebsten losgeheult hätte, griff sie nach einer gefüllten Champagnerflöte und stellte sie vor Blakes kurzfingriger Hand ab.

„Geht aufs Haus", scherzte sie, woraufhin er ein bellendes Lachen ausstieß.

„Sie gefallen mir, Mädchen. Wie heißen Sie?"

„Betty, Mister Blake."

„Betty, ganz ausgezeichnet."

Sie deutete einen Knicks an und konnte ihr Lächeln gerade so lange aufrechterhalten, bis Blake sich herumgedreht hatte.

„Was für ein Schleimscheißer", flüsterte Marla in ihr Ohr und Shelley blieb nichts weiter übrig, als die Untertreibung des Jahrtausends mit einem zustimmenden Nicken zu quittieren.

Gleichzeitig hämmerte ihr Puls. Die Erleichterung, dass er sie offenbar nicht kannte, war fast genauso übermächtig, wie der Wunsch sich das Messer vom Strumpfhalter zu reißen und es in Blakes Herz zu versenken.

Beinah erschrak sie, als sie bemerkte, wie sehr sie dazu bereit war.

Während sie die nächsten zwanzig Minuten damit zubrachte, fröhliche Gesichter beim Ausstellen von Schecks und Verspeisen kunstvoll gestalteter Häppchen zu beobachten, schweifte ihr Blick unaufhörlich durch den Saal.

Sie hatte sich mittlerweile gut eingeprägt, wo Türen waren und scannte sie im Abstand von etwa einer Minute systematisch ab.

Der Abend schritt fort und allmählich bekam Shelley Angst, dass überhaupt nichts mehr geschehen würde und sie diese Scharade ohne Sinn und Zweck hinter sich gebracht hatte; allmählich schmerzten ihre Füße tatsächlich und da die Gäste immer beschwipster wurden, war sie bei manchem männlichen Exemplar außerordentlich dankbar dafür, dass sich eine Bar zwischen ihm und ihr befand.

Als sie einige Zeit später wirklich sicher war, es würde absolut nichts Interessantes mehr passieren, entdeckte sie Blakes haarlosen Schädel zwischen zwei Frauen, von denen er sich lachend verabschiedete, um dann eine der Türen anzusteuern.

Sofort drehte sie sich so, dass ihre Knopfkamera es einfangen konnte.

Dabei beobachtete sie selbst, so unauffällig es ging.

Fakt war jedoch, dass Blake die Tür aufschloss und öffnete. Dahinter war nur ein goldener Teppich mit einem riesigen, geschwungenen Schreibtisch zu erahnen, vor dem zwei Männer standen. Sie waren groß und breit gebaut, blickten ausdruckslos zu Blake herüber; zumindest ausdruckslos genug, um auszuschließen, dass es gewöhnliche Gäste waren.

Dann verschloss er die Tür hinter sich und griff nach seinem Telefon. Offenbar rief er jemanden aus dem Saal an, denn es dauerte keine zwei Minuten, da folgten ihm zwei Männer in das Zimmer, danach noch ein weiterer.

Shelley beobachtete so gebannt, was vor sich ging, dass sie mit dem Ausschenken der Getränke kaum noch hinterherkam. Sie wandte sich an Marla.

„Wäre es okay, wenn ich mir kurz die Nase pudern gehe?"

Diese ahnte nicht, was Shelley wirklich vorhatte und winkte lächelnd ab. „Klar, mit denen werde ich schon fertig!"

„Danke dir!"

Shelley stellte die Gläser ab und schlängelte sich aus der Bar hervor, um sich möglichst unauffällig durch den Saal zu schieben. Sie positionierte sich neben einem Stehtisch, von dem aus sie einen guten Blick auf die Tür hatte, durch die Blake und die anderen verschwunden waren.

Sie versuchte, dabei geschäftig zu wirken, was gar nicht so leicht war, wenn es nichts zu tun gab.

Relativ schnell war das ominöse Treffen vorbei. Blake und die fünf Männer kamen heraus. Zwei von ihnen sah Shelley nur von hinten, doch bei den anderen dreien konnte sie sich so positionieren, dass durch die Kamera hoffentlich ein brauchbares Bild übertragen wurde.

Blake streifte sich im Vorübergehen den Mantel über und sagte zu seinem Nebenmann, dass der Fahrer schon warten würde. Dann verschwand er aus Shelleys Sichtfeld und Hörweite.

Erst im zweiten Augenblick, als die größte Anspannung ein wenig von ihr abgefallen und sie schon in Gedanken auf dem Rückweg zu Marla war – die sie mit der champagnersüchtigen Meute einfach nicht alleine lassen wollte, fiel ihr ein, dass Blake die Tür nicht wieder verschlossen hatte.

Sie wagte einen verstohlenen Blick nach links und rechts und trat dann von dem Stehtischchen zurück.

Drei Frauen, deren Kleider teurer waren als zehn von Shelleys Jahresgehälter liefen kichernd an ihr vorbei und würdigten sie keines Blickes. Aber nach fast sechs Jahren als Kellnerin war sie daran wirklich gewöhnt.

Es bedurfte nur zwei weiterer Schritte zurück und sie stand vor dem kunstvoll geschwungenen Sideboard, das sicherlich aus einer namhaften Epoche stammte, deren Name sie jedoch nicht kannte.

Ihr Herz pochte ihr bis in die Haarspitzen bei dem Gedanken an das, was sie vorhatte. Aber wenn dieser Raum der Ort war, wo Blake Dinge besprach, die womöglich irgendwie mit seinen illegalen Forschungen und der Jagd nach Hawk zu tun hatte, dann musste sie das Risiko eingehen.

Sie fasste die geschwungene Klinke, drückte sie herunter und huschte dann so schnell sie es vermochte, in das Zimmer.

Geräuschlos verschloss sie die Tür wieder hinter such und fuhr herum.

Mittlerweile hatte ihr Herzschlag eine schmerzhafte Frequenz erreicht. Doch Shelley verschwendete keine Zeit, sie drehte sich einmal langsam im Kreis, um für die Kamera alles im Raum festzuhalten, in dem es zugegeben nicht viel gab, das ins Auge fiel.

Auf dem Monstrum von einem Schreibtisch stand nur ein schlichter Computer. Die lederne Schreibtischauflage war aufgeräumt: ein Satz Stifte, Taschenrechner, Telefon, sonst praktisch nichts.

Hinter dem Schreibtisch war ein breites Regal bestückt mit bibliophilen Prachtausgaben, medizinische Erstausgaben mit Themengebieten, von denen Shelley noch nie etwas gehört hatte.

Sie wollte nicht riskieren, zu lange zu suchen und dabei womöglich noch vom Personal entdeckt zu werden.

Wirkungsvoller war wohl ohnehin eine Kamera, die sie sich aus dem BH holte und kurzerhand an einem Buchrücken befestigte; nicht zuletzt, weil sich ihre eigenen technischen Fähigkeiten irgendwo um den Nullpunkt herumbewegten.

Mit einem letzten Blick in den Raum eilte sie zur Tür und drückte die Klinke genauso geräuschlos herunter, wie beim ersten Mal.

Vorsichtig zog sie die Tür auf, hob den Blick und taumelte einen Schritt zurück. Panik schwappte über sie hinweg und nahm ihr für einen Augenblick die Luft, als sie in die Augen eines der Männer blickte, der sie in der dunklen Gasse überfallen hatte. Seine eiskalten, grauen Augen fixierten sie für eine Sekunde verwundert, bevor sich ein Lächeln über sein wildes Gesicht spannte.

„Wen haben wir denn da?"

Shelleys Beine wollten unter ihr nachgeben und die Welt um sie herum versank in Todesangst.

Plötzlich schob sich Blake in die Tür und sah sie mit einem halb skeptischen Lächeln an.

Betty?", fragte er. „Was tun Sie denn hier?"

Sie war außerstande zu Antworten. Und es war auch nicht nötig, denn Blakes Wachmann erledigte das für sie.

„Das ist die kleine Freundin des Produkts."

Blakes Blick schlug in etwas Eisiges, durch und durch Berechnendes um.

„Tatsächlich?", fragte er leise und musterte Shelley von oben bis unten.

Sie selbst brauchte einen Moment, bis sie begriff, dass mit *Produkt* Hawk gemeint war. Allein die Art, wie sie von ihm sprachen, machte sie krank.

Sie machte noch einen Schritt zurück und schielte nach links, wo das Licht einer Laterne durch das Fenster fiel.

„Die Fenster sind vergittert“, erklärte Blake ruhig und trat noch etwas näher. „Ich muss schon sagen, es ist bemerkenswert dreist, sich auf meinen Empfang zu schleichen und hier herumzuspionieren. Hat das Produkt einen solchen Eindruck auf Sie gemacht, Kindchen? – Falls ja, fasse ich das als Kompliment auf. Denn er gehört *mir*! Er ist *mein* Geschöpf!“

„Er gehört nur sich selbst!“

„Ein Irrtum, an dem er leider beharrlich festhält.“

Als der Wachmann vortrat, huschte Shelleys Blick zu ihm. Egal, ob Blake der Boss war oder nicht, der Mann mit dem wölfischen Grinsen und den durchdringenden grauen Augen war derjenige, den sie fürchtete.

„Hawk hat Ihnen doch die Brust zerfetzt“, brachte sie schwach hervor. „Sie … dürften gar nicht hier sein.“

Er machte einen Schritt auf sie zu. „Umso schöner, dass ich nochmals Gelegenheit bekomme, dich zu befragen.“

„Mit Schlägen und Tritten?“, spie sie.

Er senkte den Kopf und jagte ihr mit einer Art Knurren einen Schauder über den Rücken. „Mit allem, was nötig ist“, sagte er denn.

„Nicht hier!“ Blake trat vor und zeigte auf die wieder verschlossene Tür. „Die Gäste sind hier und ich kann nicht verantworten, dass sie etwas davon mitbekommen. Und dich brauche ich hier, Armand. – Hol Nicodème, er soll sie mit in den Park nehmen.“

„Wohin in den Park?“

Blake durchbohrte Shelley mit einem Blick und sagte: „Wo niemand sie hören kann!“

Shelley unternahm einen verzweifelten Versuch, um zur Tür zu kommen, doch Armand war so schnell bei ihr, als hätte er sich gebeamt.

Mit einem harten Griff packte er sie um die Taille, was den Schmerz in ihrer Seite vertausendfachte. Sie wollte aufschreien, doch Armand war schneller, presste seine riesige Hand auf ihren Mund, bedeckte sogar ihre Nase, so dass sie kaum noch atmen konnte.

„Beeil dich“, hörte sie Blakes Stimme irgendwo hinter sich. Dann wurde sie nach draußen geschleift.

Shelley hatte nicht vermutet, dass es möglich war, dass auf diesem offenen Gelände niemand bemerken würde, wie sie durch eine schmale Hintertür aus dem Haus gezerrt und in den Park geschleift wurde, der sich schier endlos hinter dem Anwesen zu erstrecken schien.

Armands Griff war genauso unerbittlich wie seine Schritte zielgerichtet waren. Shelley konnte sich nicht gegen ihn wehren, viel zu sehr war sie damit beschäftigt, gegen die drohende Bewusstlosigkeit anzukämpfen und gegen seine Hand, die ihr noch immer das Atmen schwermachte.

Die Bewusstlosigkeit hing wie ein Damoklesschwert über ihr.

Als Armand sie plötzlich abstellte, wollte sie weglaufen, doch er packte sie am Arm und drückte so fest zu, dass sie auf die Knie sank.

Ein stummes Wimmern lag auf ihren Lippen. Bei aller Todesangst wollte sie diesem verfluchten Schwein nicht noch mehr Genugtuung verschaffen, als er ohnehin schon hatte.

Als er plötzlich vor ihr in die Hocke ging, zuckte sie zusammen. Sie spiegelte sich in seinen grauen Augen, Fackelschein tanzte darin.

„Ich will dir einen guten Rat geben, Mädchen, einen wirklich guten Rat: wehr‘ dich nicht gegen ihn! Und lauf nicht fort, sonst vertausendfacht er dein Leid.“

„Du verdirbst mir noch den ganzen Spaß, Armand!“

Die Stimme, die plötzlich hinter ihr zu hören war, ließ Shelley das Blut in den Adern gefrieren. Sie war wie ein Schlag ins Gesicht.

Obwohl es das Groteskeste war, das sie in diesem Augenblick tun konnte, warf sie Armand einen flehenden Blick zu. Doch seine Miene versteinerte, als er sich erhob und Shelley mit sich auf die Beine zog.

„Jage sie nicht zu nah ans Haus, Nicodème“, sagte er über ihren Kopf hinweg und ließ sie los.

„Du hast ihr doch gesagt, sie soll nicht weglaufen.“

„Sie wird weglaufen.“ Armand blickte ein letztes Mal auf sie herab, bevor er sich umdrehte und sagte: „Sie laufen alle weg.“

Dann verschwand er in der Nacht und ließ Shelley allein zurück mit dem Wesen, das – das wusste sie instinktiv – nichts anderes war, als eine Bestie in Menschengestalt.

Am ganzen Körper zitternd hob sie den Blick zu ihm; zu Nicodème.

Im Halbdunkel sah sie nur eine schwarze Silhouette, nur die Umrisse eines massigen Körpers mit langen Armen, muskulösen Beinen und einem Gesicht, das völlig im Dunkeln lag.

Als er einen Schritt auf Shelley zumachte, blieb sie wie versteinert stehen. Sie hatte keine Ahnung, warum sie das Gefühl hatte, auf Armands Worte hören zu müssen, doch ihr Gegenüber schien alles andere als begeistert.

„Willst du nicht weglaufen, kleines Mäuschen?“ Seine Stimme vibrierte in ihrem Brustkorb wie tausend Trommelschläge, obwohl seine Worte kaum mehr als ein Flüstern waren.

Er trug keine Waffen, aber es war klar, dass er – genau wie Armand – selbst die Waffe war.

„Warum tun Sie das?“, brachte sie schwach hervor.

„Weil es mir ungeheuer viel Vergnügen bereitet, zu foltern und zu töten. Das wirst du selbst gleich am eigenen Leib erfahren.“

„Das meine ich nicht.“ Ihre Stimme bebte und ihr Puls hämmerte ihr so sehr in den Schläfen, dass sie befürchtete, ihr Kopf würde jeden Moment explodieren. „Sie sind doch … wie er. Sie sind kein Mensch.“

Als er sich blitzartig nach vorne bewegte und ihr Kinn mit seiner Hand packte, so fest, dass ihr beinah der Kiefer brach, schrie sie auf, doch sein Blick brachte sie zum Verstummen.

So viel Hass! So unendlich viel Wut!

In diesem Augenblick war der bevorstehende Tod für Shelley Gewissheit.

„Ich biete dir einen Deal an“, knurrte Nicodème. „Du verrätst mir, wo ich den Flattermann finde, und ich sorge für einen schnellen Tod.“

Sie schluckte und versuchte den Schmerz, der roh durch ihren Körper pulsierte auszublenden.

„Ist das Ihr bestes Angebot?“

Er stieß ein düsteres Lachen aus, bevor er ihr wieder in die Augen blickte. „Allerdings.“

„Dann … muss ich ablehnen.“ Als er fester zudrückte, rannen stumme Tränen über ihre Wangen. Die Knie gaben ihr nach und sie sackte auf den Boden. Sie wollte einfach nur, dass es vorbei war, dass es endete. Und sie betete, dass sie Hawk nicht würde verraten haben, bevor es soweit war.

Plötzlich ließ er von ihr ab. Sie fiel vornüber und konnte sich im letzten Moment noch mit den Händen abstützen. Als sie aufsah, lächelte er, finster; durchtrieben; durch und durch schlecht.

„Na, lauf los, kleines Mäuschen! Wer weiß, vielleicht bist du ja schnell genug und entkommst mir."

Shelley wollte es nicht. Sie wusste, dass es aussichtslos war. Doch der Funke in ihrem Geist, der sich Überlebenswille nannte, war noch nicht erloschen.

„Ich gebe dir auch Vorsprung und zähle bis drei. – Eins."

Shelley verlor keine Zeit. Sie rappelte sich auf die Beine und lief los. Barfuß kam sie auf dem gefrorenen Gras immer wieder ins Rutschen und der Schmerz in ihrer Seite hämmerte so quälend, dass sie bei jedem Laufschritt aufschreien wollte, doch sie tat es nicht.

„Zwei!"

Es gab nur ein Ziel: das Haus. Die Gäste. Den Schutz der Öffentlichkeit, der sie vor diesem schrecklichen Schicksal bewahren konnte.

„Drei!"

Ihr wurden so plötzlich die Füße unter dem Körper weggerissen, dass sie hart auf dem Boden aufschlug.

Für einen Moment wurde ihr schwarz vor Augen, doch das Adrenalin entließ sie nicht in die befreiende Bewusstlosigkeit.

Es ließ sie herumwirbeln und nach Nicodème treten, der sich über sie beugte, ihre Hände packte und sie über ihrem

Kopf zusammenhielt.

Als er über ihre schweißnasse Kehle leckte und dabei ein wohliges Geräusch von sich gab, schluchzte sie auf.

Ein flehendes *Bitte* lag ihr auf der Zunge, doch sie schluckte es hinunter; wollte es nicht aussprechen, auf keinen Fall!

Eine grobe, große Hand fuhr in ihren Ausschnitt und umschloss eine ihrer Brüste.

„Sag mir, wo er ist, Mäuschen." Krallen bohrten sich in ihr weiches Fleisch. „Du wirst es mir sowieso sagen, jetzt oder später. Jetzt oder … *danach*."

Shelley wollte schreien; wollte es wirklich. Doch sie war wie gelähmt unter Nicodème. Seine widerwärtige Berührung drehte ihr den Magen um, sein heißer Atem an ihrem Hals ließ sie erschaudern. Er streifte sie mit etwas, das nur Reißzähne sein konnten.

„Ich will dir einen Anreiz liefern", knurrte er dann und biss ohne Vorwarnung in ihre Kehle.

Shelley schrie auf, doch eine Pranke presste sich auf ihre Lippen, während scharfe Zähne durch ihren Halsmuskel fuhren.

Der Schmerz, die Panik, die bevorstehende Qual. Es war so viel, dass sie glaubte, den Verstand zu verlieren. Sie strampelte und schlug um sich, schrie gegen die Handfläche an, die sich auf ihre Lippen presste, bis ihre Lungen brannten.

Als er sich von ihr löste, spürte sie das warme Rinnsal, das ihren Nacken hinabfloss. Nicodèmes Lippen waren blutverschmiert, als er sich über ihr aufrichtete.

„Es gibt noch viel schmackhaftere Körperstellen, in die ich meine Zähne versenken kann. Nun, zuerst meine Zähne und dann …"

Seine Hand fuhr unter ihr viel zu kurzes Kleid und Shelley wehrte sich strampelnd.

„Sag mir, wo er ist, und ich beeile mich. Sag es mir, bevor mir noch mehr Dinge einfallen, die ich mit dir anstellen kann."

Shelley presste die Lippen zusammen und versuchte, sich an einen anderen Ort zu denken. Nicht einmal, wenn sie es gewollt hätte: Sie konnte Hawk nicht verraten. Niemals.

Sie schloss die bebenden Lippen und löste die Finger von den breiten Schultern ihres Angreifers. Sie zwang ihre Beine dazu, schlaff zu werden, befahl ihren anderen Gliedern dasselbe, bis sie wie bewusstlos in Nicodèmes Armen hing.

„Du sollst dich wehren!", knurrte er. „Du sollst dich verdammt nochmal wehren!" Shelley spürte, wie er die Zähne fletschte. Etwas an ihm transformierte, etwas in ihm gewann die Oberhand, das noch bösartiger und brutaler war, als das, was sie schon gesehen hatte.

„Zweite Runde, Mäuschen." Sie spürte seine Worte mehr, als sie sie hörte. Ihr Slip zerriss und das Kleid wurde ihr brutal über die Hüfte hochgeschoben.

„Mmmh, der unvergleichliche Duft einer Jungfrau!"

Sie hörte ein metallisches Klimpern. Ein Gürtel, der geöffnet wurde. Sie schluchzte auf und drehte den Kopf weg, wünschte ihren Geist an einen anderen Ort.

„Dann wollen wir die schwarze Blume pflücken."

Als sich seine schwere Hand auf ihren Schenkel legte, fuhr ein Windstoß in ihr Haar. Zuerst dachte sie, es wäre etwas, das von Nicodème ausging, doch plötzlich verschwanden die Berührung und sein Gewicht auf ihrem Körper.

Sie riss die Augen auf und stellte fest, dass er wie vom Erdboden verschwunden war.

Shelley kämpfte sich auf die Knie, krempelte mit zitternden Fingern ihr Kleid zurück, zog es so weit zu den Knien hinab, bis die Nähte auf ihren Schultern knackten. Sie brauchte zwei Anläufe, um aufzustehen.

Sie taumelte mehrere Schritte, dann musste sie stehenbleiben, um den Schwindel unter Kontrolle zu bringen.

Das war in genau dem Moment, wo Nicodème mit einem dumpfen Knall keine zwei Meter vor ihr hart auf dem Boden aufschlug.

Sie riss den Blick in die Höhe und erkannte den dunklen Schatten, der herabsauste, erst im zweiten Moment.

„Hawk“, hauchte sie, doch da legte er schon die Flügel an und stieß auf Nicodème herab.

Sie hatte geglaubt, er wäre tot, doch als Hawk mit ausgefahrenen Krallen auf ihn herabsauste, schossen Nicodèmes Arme in die Höhe. Er packte Hawks Beine und riss ihn zu Boden.

Ein knurrendes, strampelndes Knäuel aus Krallen, Flügeln und aufgerissener Haut rollte über den Boden, bis sie sich für einen Augenblick trennen konnten.

Hawk schlug seinem Gegner hart ins Gesicht und versuchte, wieder abzuheben, doch Nicodème war stark. Er war kein Mensch, genau wie Hawk selbst, und schaffte es, sich aus seinem Kammergriff zu befreien, packte nach einem der Flügel und zerrte daran so lange, bis Hawk mit dem Rücken aufschlug.

Als sich sein Gegner auf ihn warf, winkelte er die Beine an und trat ihm gegen die Brust, versenkte seine scharfen Klauen in seinem Bauch und hinterließ acht klaffende Wunden.

Dann stieß er Nicodème von sich und sprang mit einem wilden Schrei auf ihn. Seine Flügel schlugen aufgeregt, seine Hände packten nach denen seines Gegners und hielten sie fest, während seine Beine zahllose Schnitte auf Nicodèmes Körper verursachten.

Shelley schlug die Hände vors Gesicht. Überall war rohes Fleisch zu sehen, als würde Hawk ihm die Haut abziehen.

Die beiden bekämpften sich noch immer. Keiner zeigte Schwäche, keiner gab nach. Nicodème versetzte Hawk einen so harten Schlag, dass er meterweit durch die Luft geschleudert wurde und für einen Augenblick benommen liegenblieb.

Ein Moment, den sein Gegner nutzte, um auf die Beine zu kommen und sich trotz seiner Wunden zu ihm zu schleppen. Mit langen Krallen und gefletschten Zähnen warf er sich brüllend auf Hawk, der die Beine in die Höhe riss und sie gegen Nicodèmes Hals stemmte.

Es war nur eine Bewegung, nur ein Geräusch. Doch Shelley würde es nie vergessen, wie Hawk ihm die Kehle nicht nur aufschlitzte, sondern regelrecht in Fetzen riss.

Eine Sekunde später war der dumpfe Aufprall des toten Körpers zu hören, der sie einmal mehr zusammenzucken ließ.

Shelley sank zu Boden, wimmernd, zitternd.

Als sie plötzlich eine Hand an ihrer Schulter spürte, fuhr sie zusammen, schlug sie panisch fort.

„Shelley, ich bin es! Hawk!“

Die sanfte Stimme war wie ein Fremdkörper in ihrem Kopf, in dem es nur Todesangst und Grauen gab. Sie erkannte sie nicht, verstand sie nicht. Sie wollte sie nur loswerden, wollte alles loswerden.

Sie kämpfte sich in die Höhe und taumelte zurück.

Wieder eine Hand an ihrem Arm. Sie kämpfte gegen den Griff an und gewann.

„Shelley, mach doch bitte die Augen auf. Ich bin es. Es ist vorbei."

Als sie die Lider hob, fiel ihr Blick auf das, was früher einmal der Körper ihres Peinigers gewesen war. Der Anblick von rohem Fleisch, verdrehten Gliedmaßen und klaffend aufgerissener Kehle war so schrecklich, dass sie zurück auf die Knie fiel und sich übergab.

Wieder waren Hände an ihren Schultern und diesmal ließ sie die Berührung zu. Sie war viel zu schwach, um sich weiter zu wehren, viel zu leer.

„Ich bringe dich fort von hier, ja?" Hawks Stimme drang an ihr Ohr, von ganz weit fort. „Ich … hebe dich jetzt hoch, erschreck dich nicht."

Arme schoben sich in ihren Rücken und unter ihre Knie. Wieder dieser eisige Wind, riesige Flügel, die im Schein der Fackeln glänzten … und sie mit sich nahmen.

Hawk

Als Revenge endlich aus dem Behandlungszimmer kam, fuhr Hawk herum.

„Und?“

„Die körperlichen Verletzungen sind nicht bedrohlich. Und die Naht hält auch. - Ich habe ihr etwas gegeben, damit sie schlafen kann.“ Sie schüttelte unzufrieden das Gesicht. „Aber es wäre wirklich begrüßenswert, wenn in nächster Zukunft niemand versuchen würde, sie umzubringen. Sie ist taff, das haben wir alle gesehen, aber das … war zu viel.“

Hawks Kopf sank auf die Brust. Das Wissen, dass Shelley all das erleben musste, weil sie ihn kannte, weil er sie mochte, brach ihm schier das Herz.

„Wir hätten sie niemals zu Blake lassen sollen. Ich hätte das nicht zulassen dürfen!“

„Frauen kannst du nichts verbieten, Junge!“ Caleb warf ihm einen bedauernden Blick zu. „Aber Revenge hat Recht. Shelley kannte bisher nur Cupcakes und Kaffee, und jetzt sieht sie, wie du einen Mann in Stücke reißt und wird selbst zweimal fast umgebracht und vergewaltigt.“

Hawk ballte die Fäuste. „Ich hatte nie das Bedürfnis, jemanden zu töten. Aber seit dem ersten Angriff auf Shelley …“

„Fühlst du dich schlecht deswegen?“

„Nein.“

„Du bist ein Raubtier, genau wie ich. – Du hast nur so lange mit deiner Mutter zusammenleben können, um deine Menschlichkeit zu entdecken. Aber jetzt, wo es nötig ist, tötest du, ohne zu zögern.“

Caleb traf es auf den Punkt. Das konnte er nicht abstreiten.

„Du darfst nur nicht vergessen, Shelley zu zeigen, dass du immer noch du selbst bist."

„Aber ich habe es doch nur getan, um sie zu retten."

„Und das weiß sie", stimmte Revenge beschwichtigend zu. „Aber zu wissen, dass du jemanden getötet hast, um sie zu beschützen, ist etwas ganz Anderes, als es mit eigenen Augen zu sehen. Wir sind Menschen, Hawk. Und es ist mindestens genauso verstörend, wenn man brutal angegriffen wird, wie wenn dieser Angreifer dann ebenso brutal getötet wird. – Sie braucht Zeit; für sich, aber auch etwas Zeit mit dem Jungen, dem sie nachts immer Kaffee serviert hat, verstehst du?"

Er nickte niedergeschlagen. „Ja, klar. Ich … verstehe."

„Gut, dann tu mir einen Gefallen und geh duschen!"

Erst jetzt dachte Hawk daran, wieviel Blut er an sich haben musste.

„Und bitte zieh dir Schuhe an. Caleb hat dir welche bestellt. Sonst sieht mein schöner Holzfußboden bald aus wie das zerfurchte Gesicht einer Neunzigjährigen."

„Tut mir leid."

„Kein Problem. Mary-Anne renoviert gerne."

„Und wenn du geduscht hast, kommst du bitte ins Büro? Die beiden Kerle bei Blake waren offenbar keine Menschen und ich würde gerne mit meiner Mutter die Akten wälzen, wer sie erschaffen haben könnte. Sie hat alles archiviert und kennt sich damit am besten aus."

Hawk stimmte zu und schlich sich ins Bad, möglichst ohne Blutspuren zu hinterlassen.

Er war zwar auch ziemlich zerkratzt, aber es gab keine wirklich tiefe Wunde; nichts, was seine außergewöhnlich guten Selbstheilungskräfte und eine heiße Dusche nicht unter Kontrolle bringen konnten.

Tatsächlich war es sehr wohltuend, endlich all den Schmutz und das Blut von sich abzuwaschen.

Ob Shelley das ebenfalls helfen würde? Er hoffte es. Und dass sie ihm würde vergeben können, das hoffte er noch mehr.

Wenn er ehrlich war, hatte er Angst, ihr in die Augen zu sehen und festzustellen, dass sie ihn ansah, als wäre er jemand anderes.

Tatsächlich fühlte er sich sogar selbst, als wäre er jemand anderes; oder etwas.

Caleb hatte Recht. Das Morden machte ihm nichts aus; er bereute und zögerte nicht. Aber er tat es nur, um Shelley zu beschützen. Er war doch kein … Mörder.

Oder doch?

Nachdem er aus der Dusche gestiegen und seine Flügel fast trocken waren, die Federn geglättet und er selbst angezogen, ging er in Calebs Büro.

Er und seine Mutter waren schon dort und durchwühlten Dutzende Aktenkartons und Hefter, aus denen vergilbte Blätter quollen.

Was für einen erstaunlichen Anblick die beiden boten. Der wilde Alpha-Helix-Träger, der trotz furchteinflößender Gestalt ganz instinktiv und natürlich zu seiner schlanken Mutter passte.

Mary-Anne war groß und hatte langes, blondes Haar, das so glatt wie Seide war und im grellen Licht des Zimmers auch so glänzte.

Kaum vorzustellen, dass sie Calebs Mutter sein konnte. Sie war so jung; oder zumindest wirkte sie so.

„Steh da nicht rum!“, sagte Caleb, ohne sich umgedreht

zu haben. Mary-Anne, die offenbar nicht über die Sinne ihres Sohnes verfügte, hatte ihn nicht bemerkt.

Sie sah ihn über die Schulter hinweg an und schenkte ihm ein aufmunterndes Lächeln.

„Geht es besser?"

Hawk nickte. „Ein bisschen."

„Meine Mutter meint, wenn die beiden Kerle das sind und waren, was sie glaubt, dann wird es jetzt sehr interessant."

„Inwiefern?"

Mary-Anne ließ von den Kartons ab und wischte sich den Staub an ihren hautengen Jeans ab. „Wenn meine Recherchen stimmen, was bisher immer so war -"

„Bescheidenheit ist eine Zier!", warf Caleb ein, woraufhin seine Mutter abwinkte.

„Also wie gesagt, wenn ich Recht habe, dann haben wir hier die *Produkte* der allerersten Versuchsreihe gesehen."

„Produkte", wiederholte ihr Sohn kopfschüttelnd. „Und das von meiner eigenen Mutter."

„Caleb, bitte! Du weißt doch, was ich meine. – Also wie gesagt, wenn ich Recht habe, dann müsste es sich um Wölfe handeln."

„Die beiden?"

„Es war ein Rudel von Vierlingen. Die Mutter starb erwartungsgemäß bei der Geburt und die Vier blieben in den Händen ihres Schöpfers. Er bildete sie aus, bis sie 20 waren, und machte aus ihnen die skrupellosesten und effizientesten Mörder, die man sich vorstellen kann."

Hawk zog die Stirn kraus. „Also quasi der Alpha-Helix-Prototyp?"

„Sozusagen. – Wenn es so ist, müssen sie älter gewesen sein als du. Ich habe Shelleys Video nicht gesehen, aber -"

„Sie waren älter“, unterbrach Hawk, der gar nicht daran denken wollte, was auf diesem Video an Schrecklichkeit zu sehen war. „Mindestens zehn Jahre älter, vielleicht fünfzehn.“

„Wenn sie zum Rudel gehören, müssen sie 18 Jahre älter sein als du.“

„Das ist gut möglich“, nickte Caleb.

Revenge erschien in der Tür. „Ich sollte kommen? Wo kann ich helfen?“

Mary-Anne nahm einen der schweren Aktenkartons und stellte ihn neben Revenge auf den Boden. „Bitte nach dem Namen Moriarty durchsuchen.“

„Moriarty? Wie Sherlock Holmes Gegenspieler?“

„Leider gelang es mir nie, herauszufinden, wie er wirklich hieß. In allen Unterlagen, Mietverträgen für Labore, Kaufbelegen, Verträgen mit Müttern der Versuchsreihen erscheint dieser Name. Und da er tot ist, gibt es wohl auch keine Möglichkeit mehr für ihn, sich zu verraten.“

Hawk hob die Brauen. „Er ist tot?“

„Ja, schon seit fünfzehn Jahren. Ich vermute, dass der Zirkel der Zwölf – so nennen sich die Wissenschaftler, die die Alpha-Helix nach ihm erforschten und sie weiterentwickelten – ihn umgebracht und an den Vierlingen ihre Experimente durchgeführt haben. Sie müssen sie und alles, was über sie dokumentiert war, als eine Art Vorlage genutzt haben, sonst hätte es niemals einen so schnellen Erfolg wie mit Caleb und dir geben können.“

Hawk schwieg für einen Moment, während Revenge den Deckel vom Karton zog und demonstrativ über die kleine Staubwolke hustete. Sie schien wirklich kein Freund von Papierkram zu sein.

„Aber, wenn das stimmt“, überlegte er laut, „dann sind oder vielmehr waren die beiden Männer, die für Blake arbeiten, Brüder.“

Mary-Anne nickte. „Zwei mehreiige Vierlinge, ja.“

„Der, der übriggeblieben ist, wird versuchen, sich zu rächen.“

Wieder ein Nicken. „Davon müssen wir ausgehen.“

„Der soll ruhig kommen“, stellte Hawk grimmig fest. „Dann endet er genauso wie sein Bruder.“

Als Revenge sich lautstark räusperte, drehte er sich um.

Shelley stand in der Tür. Sie trug einen hellblauen Bademantel über einem bodenlangen seidenen Nachthemd und ihre kleinen Füße steckten in Häschenpuschen.

Und er hatte gerade nochmal in ihrer Gegenwart betont, dass er jederzeit noch jemanden in Fetzen reißen würde!

Fantastisch! Ganz großes Kino!

Als es an der Tür klingelte, erhob sich Mary-Anne.

„Meine Patientin“, erklärte sie und erhob sich.

„Um Mitternacht?“, fragte Caleb.

„Sie hat Heliophobie.“

„Was?“

„Angst vor Sonnenlicht. – Ich muss los.“

Mary-Anne eilte aus dem Raum, während die anderen wie erstarrt stehenblieben, bis Shelley sich in Bewegung setzte.

Hawk wagte kaum, ihr in die Augen zu sehen, doch als er es tat, stand darin zumindest nicht, die Verachtung, mit der er gerechnet hatte. Natürlich wirkte sie alles andere als glücklich.

Dennoch setzte sie sich neben ihn auf die schmale Holzbank und hob den Blick.

„Äh, Revenge.“ Caleb stand auf.

„Hm?“

„Wir müssen los.“

„Warum?“

„Na, wir müssen doch noch … diese Sache erledigen.“

„Welche Sache?“

„Na, die Sache eben, verdammt!“ Er packte ihren Arm und zog sie hinter sich her zur Tür, wo er murmelte: „Wie schwer von Begriff bist du eigentlich?“

Shelley und Hawk blieben allein zurück und saßen erst einmal schweigend nebeneinander. Selbst das tat Hawk gut, auch wenn ihm klar war, dass es besser wäre, ihm würde zügig etwas Sinnvolles einfallen.

Als plötzlich etwas an seinen Fingerspitzen kitzelte, fiel sein überraschter Blick hinab auf seine Hand. Shelley berührte sie und die Erleichterung war so groß, dass ein Beben durch seinen Brustkorb lief.

„Es tut mir leid“, platzte es dann aus ihm heraus. „Es tut mir leid, dass du das sehen musstest und diese schrecklichen Dinge im Kopf hast. Und es tut mir leid, dass dich dieses verdammte Vieh angefasst hat.“ Sein Blick fiel auf das Pflaster an ihrem Hals und er brach ab, um sich zu sammeln. Shelley schwieg noch immer, als er aufsah, doch sie berührte ihn und ließ auch nicht von ihm ab. „Ich bin kein Monster, Shelley, bitte, glaub mir das. Ich habe noch nie einer Fliege etwas zuleide getan. Noch nie! – Ich habe das nur getan, um dich zu verteidigen. Auch wenn es so wahnsinnig dämlich von mir war, dich in Blakes Haus zu lassen. Ich hätte wissen müssen -“

„Es war meine Entscheidung.“ Ihre Stimme war heiser. Die Folge ihrer verzweifelten Schreie. „Ich wollte dir helfen und das will ich immer noch. Und ich weiß sehr wohl, dass du das getan hast, um mich zu schützen, aber …“

„Aber was? Ich tue alles, Shelley, alles, damit du mich nicht für ein Monster hältst.“

Jetzt umfasste sie seine Finger mit beiden Händen, bevor sie wieder zu ihm aufsah.

„Weißt du, die Flügel und Krallen und schwarzen Augen sind atemberaubend und faszinierend. Und der Kampf, den du führst und führen musst, ist richtig und gerecht. Und ich möchte dich darin unterstützen.“ Sie gab ein Achselzucken von sich und tat etwas, mit dem er am heutigen Abend unter gar keinen Umständen mehr gerechnet hatte: Sie lächelte. „Aber, weißt du …, dieser nette Kerl, der immer nachts zu mir ins Diner gekommen ist …“

„Du meinst, der Freak mit dem Rucksack und der Sonnenbrille?“

Sie nickte und sah dann wieder zu ihm auf. „Der … ist doch noch da, oder?“

Hawk war so erleichtert, dass er sie kurzerhand in seine Arme riss. Als sie schmerzhaft zusammenzuckte, lockerte er seinen Griff.

„Tut mir leid!“

„Schon gut“, murmelte sie gegen seine Brust, machte aber keine Anstalten, sich wieder von ihm zu lösen.

Während er spürte, wie ihr Herzschlag gegen seinen Brustkorb trommelte, versuchte er, nicht daran zu denken, was ihr angetan worden war. Doch es gelang ihm einfach nicht.

„Ich mache es wieder gut“, gelobte er. „Ich schwöre dir, Shelley, ich mache es wieder gut und sorge dafür, dass dich keines dieser Schweine jemals wieder berührt.“

Sie legte ihre Hand auf seine Wange und nahm seine Hand. Dann stand sie auf. „Komm“, sagte sie und zog ihn auf die Beine.

Shelley

Shelley führte Hawk wortlos aus dem kleinen Büroraum, über den Korridor und zur Treppe.

Auch Hawk sagte nichts, doch sie war sich sicher, dass er ihren rasenden Puls genauso spüren konnte, wie ihre Gedanken, die sich noch immer im Schleudergang befanden.

Vielleicht war das der Grund, überlegte sie, während sie seine Hand festhielt, vielleicht bedurfte es des Schrecklichsten, um das Wundervollste zu erkennen; das Wertvollste.

Als sie in dem Gästezimmer ankamen, in dem Shelley einquartiert worden war, schloss sie leise dir Tür hinter ihnen beiden.

Hawks Flügel waren verräterisch transformiert und seine schwarzen Augen glühten, obwohl er absolut ruhig abwartete.

Sie lächelte leicht, auch wenn ihr Puls raste und irgendjemand in ihrer Magengrube Pingpong spielte. Dann griff sie nach dem Gürtel ihres Morgenmantels, öffnete ihn und ließ den Mantel über ihre Schultern hinabgleiten.

Nun trug sie nur noch das seidene Nachthemd. Es war eine Leihgabe von Revenge, deren Hüften und Brüste deutlich weniger üppig waren. Dementsprechend anliegend war das rosa Nichts.

Sie überwand die Entfernung zwischen ihr und Hawk mit einem kleinen Schritt und stellte sich auf die Zehenspitzen, um ihm einen fragenden Kuss auf die Lippen zu hauchen.

Sein Mund war warm und weich. Als sie von ihm abließ, lächelte er angespannt.

„Du … machst es mir nicht leicht, das zu sagen“, erklärte er heiser, „aber nach allem, was heute geschehen ist … - Ich meine, es ist noch keine zwei Stunden her, dass -“

„Du mich gerettet hast?“, schlug sie vor.

Hawk schluckte. Sein Blick glitt immer wieder hinab auf ihren spärlich bekleideten Körper. „Genau.“

Sie nahm seine beiden Hände und betrachtete die langen Finger, die unnatürlichen Spitzen der Nägel. „Ich tue das nicht, weil ich unter Schock stehe oder weil ich irgendetwas versuche, zu kompensieren; zu überwinden. Oder zu vergessen. – Ich stehe hier, weil ich es will. Und … weil ich dich will.“ Sie gab ein scheues Achselzucken von sich und lächelte. „Ich bin ziemlich in dich verliebt, weißt du?“

Als sie den Blick hob, lag ein Strahlen auf seinem Gesicht. „Obwohl ich bin, wie ich bin?“

„Für mich ändert es nichts. Deine wunderschönen Flügel und die Augen wie flüssiger Onyx sind genauso ein Wunder, wie die schrecklichen Menschen, die dich jagen, eine kaum zu ertragende Bürde sind; und der Kampf, den du gegen sie führen musst.“ Sie nahm seine rechte Hand und legte sie auf ihre Brust, dort wo ihr Herz wie wild hämmerte. „Du bist du. Und das ist alles, was ich will und mehr, als ich mir wünschen konnte. Das heißt …“ Sie lachte nervös. „Natürlich nur, wenn das auf Gegenseitigkeit beruht und ich mich nicht gerade zum größten Idioten aller Zeiten -“

Seine Lippen waren so schnell auf ihrem Mund, seine Hände in ihrem Haar, dass sie fast zusammenzuckte.

Das Gefühl seiner Berührung war wie eine Explosion in ihren Sinnen. Seine Wärme, seine Wildheit, der Geschmack seiner Zunge, die sich in ihren Mund drängte.

Alles in ihr war wie in einen Rausch versetzt. Ihre Hände glitten suchend über sein Hemd, zerrten an den Knöpfen, bis sie nachgaben und seine breite Brust entblößten. Ein dünner schwarzer Haarstreifen zog sich hinab zu seinem Bauch und verschwand im Bund seiner Hose, wie Shelley feststellte, als sie das Hemd endlich ganz offen hatte.

Wenn sie daran dachte, wohin der Streifen verschwand, wurde ihr schwindelig vor Verlangen.

Erst als sie die Bettkante in der Kniekehle spürte, bemerkte er, dass er sie zurückgedrängt hatte.

Sie verlor das Gleichgewicht und kippte hintenüber, landete weich in den Kissen. Als sie die Augen öffnete, war der Anblick berauschend: Hawk, der mit nacktem Oberkörper und ausgebreiteten Schwingen auf das Bett stieg und sich über sie beugte.

Als er ein Knie zwischen ihre Beine schob und die Hüften auf ihre legte, spürte sie seine Erregung hart an ihrem Bauch. Unweigerlich entfuhr ihr ein Keuchen. Heftiges Pochen breitete sich von ihrem Schoß über den ganzen Unterbauch aus und vermischte sich mit ihrem Herzschlag, bis sie nicht mehr wusste, wo ihr der Sinn stand. Alles in ihr bebte.

Als er sich auf die Ellbogen abstützte und sie wieder küsste, erwiderte sie die Liebkosungen seiner Zunge, umkreiste sie und entlockte ihm ein Stöhnen, das ihr durch Mark und Bein fuhr.

Auf dem Weg die Treppe hinauf, hatte Shelley befürchtet, dass sie daran würde denken müssen, was dieses Monster auf Blakes Grundstück ihr hatte antun wollen.

Doch so war es nicht. Im Gegenteil.

In ihrem Bewusstsein gab es nichts außer Hawk und seiner Berührung und den drängenden Wunsch, endlich von ihm ausgefüllt zu werden.

Als er ihr Nachthemd über die Hüften hinaufschob, hob sie ihm das Becken entgegen. Eigentlich wollte sie es ihm nur leichter machen, doch als sie mit der Hüfte dabei über seine Erektion strich, die noch immer hinter seiner Jeans gefangen war, keuchte er auf.

Ihre zitternden Finger fanden seinen Gürtel, öffneten ihn und knöpften die Hose auf.

Sie riss die Augen auf und obwohl sie schon fast nackt übereinanderlagen, schoss ihr Hitze in die Wangen.

„Du hast … keine Unterwäsche“, flüsterte sie zwischen zwei Küssen. Hawk lächelte an ihrem Mund.

„Du auch nicht.“

„Na, sowas …“

Sie zog ihn wieder über sich, stürzte sich zurück in den Strudel von völlig neuen Gefühlen, der sie immer tiefer in sich hinabzog, je mehr sie von Hawk spürte.

Er strampelte sich die Hose von den Beinen und legte sich zwischen Shelleys Schenkel.

„Hör mal“, hauchte sie, bevor das Sprachvermögen sie endgültig verließ. „Ich wollte dir nur sagen … - ich meine …“ Sie schloss für einen Moment die Augen und überwand sich dann. „Ich habe das … noch nie gemacht.“

Hawk stockte und ihre Begierde verabschiedete sich in die Warteschleife, bis sich die erste Regung auf seinem Gesicht zeigte.

„Du meinst …?“, fragte er vorsichtig nach und sie nickte schnell, bevor er den Satz vollenden konnte.

„Ich meine nur, falls du …, also wenn ich nicht … - Oh Gott!“ Sie schlug sich eine Hand vor die Augen, als ob das in ihrer Situation jetzt noch etwas nützen würde.

Hawk lag noch immer auf ihr und nachdem er einige Sekunden geschwiegen und sich mehr oder weniger nicht gerührt hatte, räusperte er sich und sagte: „Ich doch auch nicht.“

„Ja, aber -“

„Ich finde das ehrlich gesagt ziemlich schön.“

Shelley konnte kaum fassen, wieviel Anspannung in genau diesem Moment von ihr abfiel. Sie robbte näher an Hawk heran, schlang ihre Arme um seinen Hals und presste sich an seinen nackten Körper. „Du meinst, wir können es uns einfach … gegenseitig beibringen?“

Er zog sie enger an sich. „Ich halte das für eine ganz fantastische Idee.“

Dann fasste er ihr Nachthemd und zog es ihr über den Kopf. Ein kalter Luftzug streichelte über Shelleys Haut und für einen Augenblick erbebte sie.

„Du bist so schön“, flüsterte Hawk und ließ die Fingerspitzen über ihr Schlüsselbein gleiten, folgte dem sanften Schwung ihrer Brust, bis Shelley die Augen schloss.

Als er sie wieder küsste, war es ein tiefer, langsamer Kuss; eine wissende Berührung, die alle Fragen hinter sich gelassen hatte und nur noch für sich selbst existierte.

Shelley presste sich an ihn. Die Hitze seiner Erregung breitete sich über ihre Bauchdecke aus, und wenn sie daran dachte, ihn in sich zu haben, verließ sie der letzte Rest an Geisteskraft.

Hawk drückte sie zurück in die weichen Kissen, küsste eine glühende Spur über ihre Kehle, während seine Lenden vor Verlangen zuckten.

Sie spürte, dass er ihr die Möglichkeit geben wollte, zu sagen, wann sie bereit für ihn war. Doch das war sie längst.

Sie bewegte das Becken unter ihm, brachte seine heiße Spitze an die Schwelle ihrer Lust.

„Lass uns nicht mehr warten“, flüsterte sie an seinem Ohr.

Hawk schlang einen Arm um ihren Körper, seine Flügel breiten sich über sie beide wie eine seidige Decke, während er die Hüften mit sanftem Druck nach vorne schob.

Sofort teilte sich ihr warmes, nachgiebiges Fleisch. Ihre Beine fielen auseinander, ihr Becken hob sich, als wüsste ihr Körper instinktiv, was zu tun war.

Shelleys Hände legten sich auf Hawks Hintern und zeigte ihm, dass er nicht zu zögern brauchte; was unnötig war, denn er schien genauso wie sie selbst nicht länger warten zu können.

So vorsichtig und langsam es ihm möglich war, presste er sich in sie hinein, drang in die enge Höhle, durchstieß den kleinen Widerstand und versenkte sich dann so tief in ihr, dass Shelleys Schoß völlig von ihm ausgefüllt war.

Das Gefühl war berauschend, fremd und aufregend. Und mit jeder Sekunde, die sie sich mehr an ihn gewöhnte, wuchs die Erregung an und das lustvolle Wissen, das sie auf die innigste Weise miteinander verbunden waren.

Hawks Erregung schien in ihr noch ein weiteres Stück anzuwachsen und als er sich ein wenig bewegte, stöhnte sie auf.

Sie hatte so oft darüber nachgedacht, wie es sein würde, doch es war anders; ganz anders. Es war mehr und intensiver. Der Geruch seiner Haut, der Blick in seine schwarzen Augen und das Pulsieren in ihren Lenden.

Als Hawk sich ein Stück zurückzog, sog sie scharf die Luft ein. Die Reibung war intensiv und etwas schmerzhaft, doch gleichzeitig erregend und lustvoll. Shelley reckte sich ihm entgegen, als er fast vollständig aus ihr glitt, um sich dann wieder tief in ihr zu versenken.

Krallen bohrten sich in ihren Rücken, Wind kam auf und ehe sie es sich versah, schwebte sie wieder über dem Bett.

Sie schlang die Beine um Hawks Hüften, während er mit den Flügeln schlug und Shelley an sich presste, die Hüften zurückzog und in sie stieß, so hart, dass ihr ein Schrei entfuhr.

Sie hörte sich etwas stammeln, auch wenn sie die Worte nicht verstand, doch sie entlockten Hawk ein zufriedenes Knurren.

Seine Bewegungen wurden intensiver; verlangender.

Shelley spürte, wie sie herumgedreht wurde. Sie wurde gegen eine Wand gepresst und Hawks Krallen bohrten sich verlangend in ihre Pobacken, während er sich wieder in ihr vergrub.

Sie keuchte auf, woraufhin er ein entschuldigendes Geräusch von sich gab.

„Verselbständigt sich … alles“, brachte er zwischen zwei Stößen hervor.

Shelley empfing ihn, reckte sich ihm entgegen und löste sich auf in dem berauschenden Gefühl der Vereinigung.

„Verselbständigt sich“, bestätigte sie atemlos und küsste ihn wieder, bohrte ihre Fersen in seine Oberschenkel und presste sich an ihn, um ihn überall auf ihrer Haut zu spüren.

Irgendwo am Rande hörte sie Glas zerbersten und das dumpfe Geräusch, das Bücher machten, wenn sie aus einem Regal fielen.

Möglicherweise hörte sie auch das Regal selbst, als plötzlich irgendetwas krachend zu Boden fiel.

Es kümmerte sie nicht, und alles um sie herum wurde verschlungen vom Strudel ihrer Gefühle, der mehr und mehr in ihr emporkochte, in ihre Zehen und Finger kroch, sie unnatürlich verkrampfte und den Krampf in ihre Waden und Arme fortsetzte.

Ihr ganzer Körper spannte sich an, ihr Atem ging stoßweise und als sie die Lider aufeinanderpresste, tanzten bunte Punkte dahinter. Ihr Körper war nur noch eine einzige Masse aus Sinnen und Empfindungen, aus Verlangen und dem unauslöschlichen Wunsch für ewig auf diese Weise mit Hawk verbunden zu bleiben.

Er riss sie mit jeder seiner Bewegungen fest an sich und als er mit völlig entmenschter Stimme an ihrer Kehle knurrte: „Du bist mein!“, da explodierten ihre Empfindungen.

Der Höhepunkt rauschte durch ihren Körper und ließ sie aufschreien, noch ehe sie den Impuls unterdrücken konnte. Kochende, lustvolle Wellen pulsierten durch ihren Unterleib, schossen sie empor in die höchsten Höhen, wo sie schwerelos und zum Bersten mit Kraft gefüllt in gleißender Ekstase versank.

Irgendwo im Nebel ihres Orgasmus hörte und spürte sie, wie Hawk ihr folgte. Auch er schrie, sein Samen pumpte sich in heißen Kaskaden in ihr Innerstes. Seine Krallen bohrten sich in ihre Haut, verursachten süßen Schmerz und die herrliche Gewissheit, dass er sie mehr als alles andere wollte; und brauchte.

Hawk

Als Hawk die Augen aufschlug, sah er das Schönste vor sich, das er sich jemals hätte vorstellen können: Shelleys Gesicht, aufgelöst in Erfüllung mit einem ermatteten Lächeln im Gesicht.

Ihre dunkle Haut war von einer dünnen Schweißschicht überzogen und ein paar ihrer krausen Locken klebten an ihrer feuchten Stirn, die er ihr behutsam nach hinten strich.

Als sie die Augen aufschlug, waren ihre Pupillen fast so dunkel und groß wie seine eigenen.

Er wollte sie eigentlich anlächeln, doch es war wohl eher ein unzerstörbares Grinsen, das sich über seine Züge spannte.

Hawk hauchte einen keuschen Kuss auf ihre Lippen und sah sie dann mit einem prüfenden Blick an.

„Geht's dir gut?“, wollte er leise wissen. Sein Hals fühlte sich etwas kratzig an.

„Besser als gut.“ Auch Shelley klang heißer. „Viel, viel besser als gut.“

„Na, Gott sei Dank.“

Da sie noch immer miteinander verbunden waren, löste sich Hawk langsam von ihr und hob sie auf seine Arme, um sie zurück auf das Bett zu legen.

Dabei fiel sein Blick auf den Fußboden und …

„Heilige Scheiße!“

Sie hob skeptisch den Blick. „Du alter Romantiker!“

„Nein, ich meine … - sieh dir das Chaos an!“

Shelley setzte sich auf und schlang sich dabei das Laken um den Körper, was Hawk durchaus bedauerlich fand.

Dann sah sie auf und bemerkte, was auch ihm aufgefallen war:

„Wir haben ja die ganze Einrichtung kaputtgemacht!“

„Naja, nicht die ganze …“ Er gab ein abwägendes Geräusch von sich. „Aber einiges davon. Der Schrank steht noch. Und die Kommode.“

„Ja, aber die Vasen, Gläser und Teller sind nur noch ein Scherbenhaufen und die Bücher sind auch aus dem Regal geflogen.“

Hawk rieb sich schuldbewusst den Nacken. „Das muss mein Flügelschlag sein. Den kann ich wohl nicht kontrollieren, während …“

Er ließ den Satz in der Luft hängen, erkannte aber an Shelleys Grinsen, dass sie sehr wohl wusste, worauf er hinauswollte.

„Und was machen wir jetzt?“

„Zuerst aufräumen und dann … geht das wohl nur noch im Freien.“

Sie riss die Augen auf. „Es ist Februar.“

„Dann müssen wir das Ganze wohl auf die Sommermonate verlegen.“

„Hawk Dawson, das ist nicht witzig!“

Er grinste breit und hatte das Gefühl, seit dem Tod seiner Mutter zum allerersten Mal wieder frei atmen zu können und das zu spüren, was wirklich Glück war. Er packte nach Shelleys Arm und zog daran, bis sie auf dem Rücken lag.

Sie stieß ein überaus verführerisches Quieken aus und ihr halb überraschter, halb amüsierter Gesichtsausdruck war außerordentlich anziehend.

Er nahm eines ihrer Beine und biss spielerisch in die Innenseite des Oberschenkels. Der Duft ihrer Weiblichkeit stieg ihm dabei in die Nase. Fast augenblicklich war er wieder bereit.

Mit einem demonstrativen Flügelschlag beugte er sich über sie und antwortete auf ihre fragende Miene: „Ist doch sowieso schon alles kaputt …“

Dann küsste er sie.

*

Hawk lag in einem warmen Bett, seine Arme um Shelley geschlungen, deren ruhiger Herzschlag und leiser Atem verrieten, dass sie tief und fest schlief.

Seine Flügel waren weitestgehend zurücktransformiert, so dass weder dem noch verbliebenen Inventar weitere Gefahr drohte, noch seine Schlafposition dadurch behindert wurde.

Vorsichtig, um sie nicht zu wecken, vergrub er die Nase in ihrem Haar und atmete den unvergleichbaren Geruch ein, den ihr Körper verströmte.

Wahrscheinlich, so dachte er sich, war das der schönste Moment seines Lebens.

Ein Moment, der jedoch von einem leisen und außerordentlich unwillkommenen Klopfen unterbrochen wurde.

Hawk riss die Augen auf und stellte widerwillig fest, dass die Sonne bereits aufgegangen war. Vermutlich war es etwa neun Uhr morgens, was jedoch nichts an der Tatsache änderte, dass er weder Shelley loslassen noch aufstehen wollte.

Als es noch einmal klopfte, räkelte sie sich in seinen Armen und er gab sie frei, damit sie sich auf den Rücken drehen konnte.

Das Laken war ihr bis hinab auf die Hüfte gerutscht und der Anblick ihres nackten Oberkörpers und ihres wunderschönen Gesichts war gelinde gesagt eine Versuchung.

Dann klopfte es noch einmal.

„Wer kann das sein?", flüsterte sie und zog sich das Laken bis zur Schulter.

„Caleb", antwortete er ohne zu zögern.

„Woher weißt du das?"

„Ich rieche ihn." Als sie die Augen aufriss, gab er ein abwägendes Achselzucken von sich. „Mein Geruchssinn ist ziemlich passabel."

„Dann war es das jetzt wohl mit Knoblauchbutter für mich."

Unwillkürlich musste er lachen und küsste sie auf die Nasenspitze. „Ich seh' mal nach, was er will."

„Ich muss mich erst anziehen."

Als sie aus dem Bett hüpfen wollte, hielt er sie an den Schultern fest.

„Keine Sorge, ich sorge dafür, dass er dich nicht sehen kann."

Dann erhob er sich, streifte sich seine Jeans über den nackten Hintern und knöpfte sie zu. Mit einem Blick auf Shelley, transformierte er sich. Seine Flügel wuchsen mit einigen kraftvollen Schlägen an und als er zur Tür ging verdeckten sie Calebs Sicht auf den Raum vollständig; nun ja … fast vollständig, denn Caleb selbst hob die Brauen, als er auf den Boden blickte und nur einen Bruchteil der zahllosen Scherben sah.

„Wilde Party gefeiert?", fragte er.

Hawks Mundwinkel zuckten.

„Ich ersetze das natürlich."

„Mach dir darüber keinen Kopf. – Wichtig ist nur, dass du Shelley mit deinen Alpha-Helix-Trieben nicht überfordert hast."

Ohne den Blick zum Bett frei zu geben, drehte Hawk den Kopf über die Schulter. „Shelley, geht's dir gut?"

„Bestens!", rief sie zurück und Hawk drehte sich wieder herum. „Zufrieden?"

„Wollte nur sichergehen." Dann wechselte sein Gesichtsausdruck und verhieß nichts Gutes.

„Was ist los?", fragte Hawk.

„Die Kamera, die Shelley angebracht hat, sendet."

Unweigerlich fuhr ein Stich in sein Herz, als die Sorglosigkeit der Nacht verpuffte. „Und?"

„Am besten, du siehst es dir selbst an. Blake ist vor fünf Minuten in den Raum gegangen, zusammen mit einem Wachmann und wartet dort offenbar auf jemanden. Er spricht von Reisevorbereitungen und wenn der Alpha-Helix-Wachmann dabei ist, dann …"

„Kann es nur um seine düsteren Forschungen gehen", komplettierte Hawk den Satz.

Caleb nickte. „Und um dich."

„Ich bin in zwei Minuten da."

„Alles klar. Wir zeichnen die Übertragung auf, du verpasst nichts."

„Gut, in Ordnung."

Als Hawk die Tür schloss und sich dann herumdrehte, stand Shelley in das Laken gewickelt hinter ihm.

Sorge stand in ihrem Blick und eine wilde Entschlossenheit, die wiederum ihm Sorge bereitete.

Auf der einen Seite ihres Halses trug sie noch immer das kleine Pflaster und erinnerte sie beide, in welcher Gefahr sie noch vor weniger als zwölf Stunden geschwebt hatte.

„Lass uns jetzt nicht diskutieren", ergriff sie das Wort. „Ich will dich erst einmal begleiten und hören, was dieser Blake vorhat. Und dann entscheiden wir, was wir tun. Gemeinsam. – In Ordnung?"

Hawk atmete tief durch. Der Wunsch sie in einen unerreichbaren Keller zu sperren und den Schlüssel hinunterzuschlucken war genauso stark, wie die Überzeugung, dass er sie nicht ausschließen durfte; nicht, wenn sie wirklich ihr Leben gemeinsam bestreiten wollten. Und er für seinen Teil wollte das. Also nickte er.

„In Ordnung."

Shelley

Da sie genauso darauf brannte, zu erfahren, was sich in dem Raum abspielte, in dem Blake offenbar Besprechungen abhielt, war Shelley innerhalb von drei Minuten angezogen. Hawk stand bereits an der Tür und warf ihr einen fragenden Blick zu, den sie mit einem Nicken beantwortete.

Zusammen eilten sie die Treppenstufen hinab, durch den Korridor und in den kleinen Büroraum.

Revenge, Caleb und Mary-Anne saßen bereits auf bunt zusammengewürfelten Stühlen und starrten auf den Bildschirm.

Lediglich Revenge drehte sich kurz herum und schenkte Shelley ein Lächeln samt Augenzwinkern.

„Wo bleibt der Idiot?“

Blakes Stimme wurde durch das Kameramikro etwas blechern wiedergegeben, doch erkannt hätte sie sie überall und zu jeder Zeit.

Er starrte auf eine protzige goldene Uhr, die auf einem wurzelhölzernen Sideboard stand und drehte sich dann wieder um.

Als der Wachmann ins Bild trat, hielt Shelley unwillkürlich den Atem an. Hawk zog sie auf einen Stuhl und da ihre Knie ohnehin plötzlich wie Gummi waren, ließ sie sich gern darauf nieder.

„Angeblich auf dem Weg.“

„Wenn er bei dieser Sache auch nur die kleinste Kleinigkeit verbockt, kannst du ihn meinetwegen in der Luft zerfetzen.“

„Mit Vergnügen.“

Das wölfische Grinsen, das Shelley bereits kannte, trat auf sein Gesicht und rief ihr die abscheulichen Vorkommnisse des Vorabends ins Gedächtnis. Hawk presste sie enger an sich.

Durch das Mikro rauschte ein dumpfes Klopfen.

„Herein! Na endlich!“ Blake setzte sich auf seinen breiten Schreibtischstuhl und hob den Kopf. Irgendjemand trat ein, dessen Gesicht nicht zu sehen war, da er der Kamera den Rücken zugedreht hatte. Er eilte – einen Bogen um den Wachmann machend – zum Schreibtisch und schüttelte Blake die Hand.

„Sir, es tut mir leid. Ich konnte nicht schneller -“

„Haben Sie alles vorbereitet?“

„Natürlich, Sir! Der Transfer kann morgen wie geplant stattfinden.“

„Und die kanadischen Behörden machen keine Probleme?“

„Alle satt und gefüttert.“

Blake stieß ein abfälliges Lachen aus. *„Die Käuflichen sind mir die liebsten, die sind so schön zuverlässig. – Armand?“*

Der Wachmann tat einen Schritt nach vorne. *„Sir?“*

„Gib dem Pilot Bescheid. Die Maschine ab sofort auf Standby.“

„Ja, Sir.“

Blake sah zu dem Mann auf, der noch immer mit dem Rücken zur Kamera stand.

„Bei Abfahrt werde ich vor Ort sein und den Transfer in die Transporteinheit begleiten. – Ich brauche Ihnen nicht sagen, was Ihnen blüht, wenn dem neuen Produkt irgendetwas zustößt.“

Shelley stockte und auch Hawk neben ihr versteifte sich merklich.

Neues Produkt? Hieß das etwa?

„Natürlich nicht, Sir. Das Produkt erfüllt all Ihre Anforderungen. Kraft- und Aggressionsparameter sind überdurch-

schnittlich."

Blake nickte zufrieden. „*Ich werde seine Ausbildung hier selbst überwachen.*"

„*Natürlich, Sir.*"

„*Die Einheit, die ihn hier in Empfang nehmen wird, steht im Untergeschoss bereit. Besprechen Sie das Nötige. – Armand?*"

„*Sir?*"

„*Du begleitest ihn und sorgst dafür, dass morgen früh alles nach Plan läuft. – Und, Armand?*"

Der Wachmann sah auf.

„*Enttäusch mich nicht, wie dein Bruder.*"

Wut flammte in Armands Blick auf, doch er nickte stumm und wandte sich zum Gehen.

Während die Besprechung auf dem Bildschirm vorbei war, wurden in ihrem Büro wortlos Blicke gewechselt.

Hawk war der Erste, der seine Stimme wiederfand. „Er hat noch jemanden wie mich erschaffen?", fragte er tonlos.

„Sieht so aus." Caleb warf seiner Mutter einen Blick zu. „Weißt du, ob er auch mit anderem Genmaterial Versuche durchgeführt hat?"

„Soweit ich weiß, nicht. Aber die Unterlagen, die ich über die Jahre hinweg ergaunern konnte, sind sicher alles andere als vollständig. Es wäre möglich, dass es ein ganz anderer Alpha-Helix-Träger ist. Aber es ist wahrscheinlicher, dass das Genom mit Hawks übereinstimmt."

Shelley drückte seine Hand und hob den Blick. Sein schwarzer Blick wirkte leer und sein Gesichtsausdruck verriet, dass er nicht einordnen konnte, was das nun für ihn bedeutete. Nur eines stand für ihn wohl ganz unumstößlich fest.

„Wir müssen ihn aufhalten!"

Revenge zog die Stirn kraus. „Und wie?"

„Das weiß ich noch nicht. Aber dieser Transport ist wohl die einzige Sicherheitsschwachstelle, die sich uns bieten wird. Sonst würde er nicht so viel Aufwand mit den Vorbereitungen betreiben."

„Da gebe ich dir Recht", befand Caleb nickend, „aber wir wissen leider nicht, von wo nach wo der Transport stattfinden soll."

„Da kann ich vielleicht helfen", stellte Mary-Anne fest und drehte sich zu einem kleinen Aktenberg herum. „Er sprach ja von kanadischen Behörden, und soweit ich es herausfinden konnte, gehört Blake in Kanada ein Anwesen, genauer gesagt …" Sie legte eine Akte auf den Tisch. „Eine Insel."

„Eine ganze Insel?", fragte Revenge erstaunt.

„Eine kleine zwar, aber ja, eine ganze Insel."

„Klingt nach einem ziemlich perfekten Ort, um illegale Forschungen durchzuführen, von denen niemand etwas mitbekommen soll", warf Shelley ihre Gedanken in den Raum und erntete dafür zustimmendes Nicken.

„Wo liegt diese Insel?"

„Östlich von Nova Scotia. Es ist nicht viel größer als ein Fels im Meer, aber – falls diese Dinge dort stattfinden – für Blakes Zwecke sicher groß genug."

„Nach Nova Scotia sind es um die zweieinhalb Stunden mit dem Flugzeug", warf Revenge ein. „Wir könnten auf jeden Fall dort sein, bevor der Transport stattfinden soll."

„Und dann?" Caleb zeigte auf den Bildschirm, der mittlerweile schwarz war. „Kannst du dir in etwa vorstellen, welche Ressourcen Blake hat, um dieses neue Produkt abzuschirmen? Er weiß genau, dass es nur auf diesem Transport angreifbar ist und dementsprechend werden auch die Sicherheitsvorkehrungen sein."

„Trotzdem sind wir die Letzten, die er auf dem Schirm hat. Er rechnet vielleicht mit konkurrierenden Wissenschaftlern oder vielleicht auch damit das der Alpha-Helix-Träger selbst ausbricht, aber ganz sicher nicht damit, dass wir wissen, was morgen stattfinden soll; und wo."

„Und was sollten wir mit diesem außergewöhnlichen Vorteil anfangen?" Caleb zeigte auf die Akte. „Wir wissen, oder vielmehr glauben wir zu wissen, wo der Transport starten wird. Wir wissen, dass mindestens ein weiterer Alpha-Helix als Wachmann abgestellt ist, vielleicht zwei oder drei, wenn es stimmt, was meine Mutter sagt, und dieser Armand einer von den Vierlingen ist, aber wir haben keine Ahnung, wo wir ansetzen können. Wir kennen die Route nicht, genauso wenig das Fortbewegungsmittel und ganz im Speziellen nicht das Ziel."

„Wenn man bedenkt, welcher Moment der kritischste für Blakes wertvolle Fracht sein wird, dann spielt das auch keine Rolle."

Caleb warf Shelley einen fragenden Blick zu. „Weil?"

„Weil der kritischste Moment der ist, wo er das Labor verlässt. Genau das Labor, das – wenn ich das richtig verstanden habe – zerstört werden soll. Und wenn man bedenkt, dass auch Blake selbst dort sein wird, dem doch für alle Zeiten der Garaus gemacht werden soll, ist alles, was wir suchen an einem Fleck."

Sie spürte Hawks Blick auf ihrem Scheitel und sah auf. „Wenn es so ist wie ich sage, dann könntet ihr all die Ziele erreichen, die ihr verfolgt, was Blake angeht. – Und du wärst endlich frei und müsstest nie wieder fliehen. – Habe ich Recht?"

Hawk atmete tief ein. Man sah ihm an, dass die beiden Wünsche, Blake ein für alle Mal aus seinem Leben zu tilgen, und Shelley so weit wie möglich von all diesen Gefahren fernzuhalten, im Widerstreit lagen.

So oder so, wussten sie beide, dass Shelley den Nagel auf den Kopf traf.

„Wie soll sich das denn organisieren lassen?“, startete er noch einen Versuch.

„Da kann ich vielleicht ebenfalls weiterhelfen“, meldete sich Mary-Anne zu Wort.

„Eine meiner Patientinnen ist Pilotin. Sie macht normalerweise Rundflüge über New York, und sie hat mir als Dankeschön schon längst einen Flug versprochen. Das ist zwar kein Rundflug, aber sie wird sich sicher bereiterklären.“

Hawk zog die Stirn kraus. „Du bist doch Psychiaterin, oder?“

Mary-Anne lächelte. „Psychologin.“

„Und diese Frau ist …“

„… absolut in der Lage, ihren Hubschrauber zu fliegen. Ihr dürft ihr nur nicht sagen, dass sie rot im Gesicht wäre.“

„Äh…“

„Und bietet ihr ja nichts zu essen an!“

„Warum nicht?“

Mary-Anne lächelte. „Wenn ihr diese beiden Kleinigkeiten beachtet, wird es keine Probleme geben. – Am besten, ich rufe sie sofort an.“

*

Shelley saß mit starrem Blick auf der Bettkante und streichelte Corkys etwas borstiges Fell. Er war schon älter und Körperpflege gehörte wohl nicht mehr zu seinen Lieblingsbeschäftigungen. Ganz im Gegensatz zum

Fressen. Der dreibeinige Kater wog immerhin an die sechzehn Pfund.

Hawk hatte von Caleb eine Art schwarzer Kampfmontur bekommen, die er sich überzog. Seine Flügel schienen regelrecht zu pulsieren vor Aufregung. Er schob sie durch die länglichen Schlitze auf dem Rücken der Jacke und zog den Reißverschluss zu.

Dann drehte er sich zu Shelley herum. „Wie sehe ich aus?“

„Wie ein Ninja!“

Er grinste und kam zu ihr, setzte sich neben sie und sie wusste, was er sagen wollte, bevor er es aussprach.

„Nein, ich bleibe nicht hier!“, erklärte nachdrücklich und zum gefühlt tausendsten Mal an diesem Vormittag.

„Aber was -“

„Das weiß ich noch nicht. Aber ich kann dir vielleicht helfen.“

„Mary-Anne bleibt doch auch hier. Und du könntest hier mit ihr auf mich warten.“

„Und Revenge? Sie kommt doch mit euch.“

„Ja, aber …“ Hawk schnaufte und krallte die Hände ineinander. „Es ist ihre Entscheidung und ich … ich liebe sie nicht.“

Als er den Blick hob, stand nichts als Ehrlichkeit in seinem nachtschwarzen Blick. Shelley schluckte und ihr Herz setzte einen Schlag aus.

Sie spulte den letzten Satz wieder und wieder in ihrem Kopf ab, um sicherzugehen, dass sie sich nicht verhört hatte und sich infolgedessen zum totalen Affen machte.

„Also heißt das, du liebst mich?“, fragte sie sicherheitshalber noch einmal nach.

Hawk lächelte angespannt.

„Das wollte ich damit sagen, ja."

Anstelle einer Antwort schoss sie wie eine Sprungfeder in die Höhe und schlang die Arme um seine Kehle, mit so viel Schwung, dass er überrascht hintenüberkippte.

„Gut", erklärte er erleichtert. „Du läufst also nicht schreiend davon."

Als sich seine Hände provokant auf ihr Hinterteil legten, das in einer engen Jeans steckte, grinste sie.

„Trotz der Gefahr, dem pochenden Schmerz in der Taille, den Kratzern, die deine Krallen auf Revenges Holzfußboden hinterlassen und dem Umstand, dass uns ein wahnsinniger Doktor Frankenstein verfolgt, könnte ich wohl nicht glücklicher sein als in genau diesem Augenblick."

Hawk strich ihr das Haar aus der Stirn und zog ihren Kopf zu sich herab, um sie zu küssen.

„Eigentlich jagt er nur mich", sagte er leise, woraufhin sie seufzte.

„Wenn ich gejagt würde, würdest du sagen: das geht mich nichts an?"

„Natürlich nicht."

„Und warum erwartest du dann von mir, dass ich es tue?"

Darauf fiel ihm offenbar nichts ein. „Ich will einfach nicht, dass dir etwas passiert", sagte er dann.

„Genauso wenig will ich, dass dir etwas passiert."

„Ja, und was machen wir jetzt?"

Shelley hauchte einen Kuss auf seine weichen Lippen. „Gut aufeinander aufpassen, schätze ich."

Ein zustimmendes Lächeln legte sich auf sein Gesicht. „Und sonst?"

„Was noch?"

Mit einer schnellen Bewegung hatte er sie herumgewirbelt und auf den Rücken gedreht.

„Wir haben noch etwas Zeit, bevor wir abfliegen“, hauchte er an ihr Ohr und rieb seine Hüften an ihr, um ihr deutlich zu zeigen, worauf er anspielte.

Unter dem festen Stoff seiner Cargo-Hose spürte sie, dass er mehr als bereit war. Ein prickelndes Feuerwerk entzündete sich in ihrem Schoß und Hitze fuhr in ihre Wangen.

„Kommst du denn so schnell wieder aus deinem Ninja-Kostüm?“

Er schob seine Hand zwischen ihre Körper und grinste. „Wir wollen mal sehen, wer schneller ist.“

*

Shelley gewann den Wettstreit um Haaresbreite und eine knappe Stunde später standen sie und Hawk wieder vollständig bekleidet, noch ein bisschen verliebter und noch viel nervöser vor dem kleinen Schreibtisch in Shelleys Zimmer und verstauten die Waffen an Hawks Körper.

Es waren acht Pistolen und vier Messer. Und sie fanden tatsächlich alle Platz an ihm.

„Kannst du denn schießen?“, fragte sie und griff zögerlich nach der Pistole, die Caleb für sie bereitgelegt hatte.

Hawk nickte. „Ich habe lange auf der Straße gelebt, da … bleibt das wohl nicht aus, fürchte ich.“

Shelley nickte und steckte die kleine Pistole und ein weiteres Magazin in die Umhängetasche, die Revenge ihr gegeben hatte.

Darin waren außerdem ein Funktelefon, mit dem sie über Kurzwahl 1 mit allen verbunden war, ein kleines Verbands-Kit und eine kleine Flasche Wasser.

Als es an der Tür klopfte, fuhr sie ein wenig zusammen.

„Seid ihr abflugbereit?", wollte Revenge durch die Tür hindurch wissen.

Als Hawk sie öffnete, trug sie genau wie Shelley eine Jeans und eine dunkle Jacke. Sie war so dick gefüttert, dass bereits Schweiß auf ihrer Stirn perlte. Aber im kanadischen Winter auf einer verlassenen Felsinsel war sie sicher die beste Wahl.

Eine Katze strich um ihre Waden, die Shelley noch nie gesehen hatte. Sie war grau, hatte braune Augen und ihr fehlten beide Ohren.

Shelley mochte gar nicht daran denken, was dem anderen Alpha-Helix-Träger, den Blake erschaffen hatte, alles angetan wurde.

Sie nickte schnell und trat auf den Korridor. Die Zeit des Zögerns war vorbei.

Hawk

Als wollte ihnen der Wettergott Mut machen, begleitete er ihre Fahrt zum Flugplatz mit strahlendster Wintersonne.

Caleb und Hawk trugen getönte Brillen, um die psychisch ohnehin schon angeschlagene Pilotin nicht unnötig aus der Bahn zu werfen; ganz speziell nicht, wenn sie ihr Schicksal in luftigen Höhen lenkte. Immerhin konnten nicht alle Passagiere fliegen, so wie er es konnte.

Und damit auch das vor ihrer labilen Flugkünstlerin verborgen blieb, hatte er seine Flügel einmal mehr in dem beengenden Rucksack verstaut.

Als Mary-Anne den Wagen parkte und Caleb schnell an sich drückte, bevor sie in Richtung Rollfeld nickte, fiel Hawk die Pilotin zum ersten Mal ins Auge.

Sie war schätzungsweise Mitte Vierzig, hatte braunes, kurz geschnittenes Haar und war ungewöhnlich schlank. Mary-Anne begrüßte sie mit einem herzlichen Händedruck und stellte die Anwesenden der Reihe nach vor.

Zu ihrer Überraschung wollte die Pilotin, die Roseanne Martin hieß, überhaupt nicht wissen, was sie in ihren großen Taschen versteckt hatten und warum sie überhaupt nach Nova Scotia wollten. Sie zeigte auf ihren Helikopter und ging dann voran.

Mary-Anne hob traurig die Hand und es war ihr deutlich anzusehen, wie schwer es ihr fiel, Caleb auf dieses riskante Wagnis zu entlassen.

Doch sie blieb zuhause und würde im Notfall versuchen Informationen aus den Akten zu beschaffen, die sie ja unmöglich mitschleppen konnten.

Hawk fasste Shelleys Hand und begleitete sie zum Helikopter. Revenge und Caleb stiegen zuerst ein, dann sie beide.

Die Pilotin war ungewöhnlich wortkarg, beließ es bei knappen Anweisungen, was das Aufsetzen der Kopfhörer und das Anschnallen betraf, und setzte sich dann mit dem Tower in Verbindung.

Hawk hatte noch nie in einem Hubschrauber gesessen, doch als sich die Maschinen regten und der Rotor sich in Bewegung setzte, sich immer schneller drehte, bis sie den Bodenkontakt verloren, da war er ehrlich erstaunt, wie unfassbar laut er war; für sein außergewöhnliches Gehör war es eine Qual und Calebs angespannter Miene nach zu urteilen, ging es ihm genauso.

„Wie lange wird der Flug denn in etwa dauern?“, fragte Revenge über das Tosen der Rotoren hinweg, offenbar um der Pilotin ein belangloses Gespräch aufzudrängen. Doch diese antwortete zuerst nicht, stattdessen färbten sich ihre Wangen puterrot.

Es sah regelrecht ungesund aus und Shelley und er wechselten einen fragenden Blick, erinnerten sich an Mary-Annes Warnung.

„Es tut mir leid“, erklärte Revenge schnell. „Ich wollte Sie nicht mit meiner Frage belästigen.“

„Wie kommen Sie darauf, dass Sie mich belästigen?“ Plötzlich klang die schweigsame Pilotin Martin ungewöhnlich schrill, als wäre sie nur noch einen Millimeter von Hysterie entfernt.

„Ich meine nur, weil Sie …“ Revenge starrte vielleicht einen Augenblick zu lange auf ihre Wangen. „Weil sie nicht gleich geantwortet haben, meine ich.“

Während Revenge Caleb einen hilfesuchenden Blick zuwarf, der ihr mit einer Das-Hast-Du-Dir-Selbst-Eingebrockt-Miene antwortete, kippte der Helikopter plötzlich vornüber.

Shelley stieß einen Schrei aus und Caleb wirbelte herum.

„Was zum -?“

Da sah Hawk es. „Sie ist ohnmächtig, verdammt!“

„*Was?*“ Unwillkürlich fiel Shelleys Blick hinab auf die belebte Stadt. Sie überflogen gerade die Bronx.

Revenge packte sich ihre Tasche und wühlte darin herum, während Caleb nach dem Steuerknüppel griff und die Maschine geraderichtete. „Sie sollte zügig wieder aufwachen“, verkündete er.

„Schon dabei!“ Revenge riss an der Plastikverpackung ihres Notfall-Kits und zog eine kleine Ampulle heraus. Dann packte sie wenig zimperlich in den braunen Haarschopf der Pilotin und hielt ihr die Ampulle unter die Nase, woraufhin sie innerhalb einer Sekunde hustend zu Bewusstsein kam.

Um den Effekt zu verstärken, verpasste sie ihr noch ein paar Ohrfeigen und Caleb schloss ihre Hand um den Steuerknüppel.

Die Pilotin wirkte kaum verwundert, als wäre ihr das schon unendlich viele Male passiert. Sie murmelte etwas, das Hawk über den Lärm des Hubschraubers hinweg nicht verstand, und brachte das Fluggerät wieder auf Kurs, was für sofortige Beruhigung bei ihren Fluggästen sorgte.

Shelley und Hawk wechselten einen aufgeschreckten Blick und für die nächsten zwei Stunden fiel kein einziges Wort mehr.

Als der Hubschrauber wider Erwarten tatsächlich unversehrt auf dem Flughafen von Halifax landete, hatte

Hawk das Bedürfnis in bester Papstmanier auf die Knie zu fallen und den Boden zu küssen. Er verkniff sich den Impuls jedoch im letzten Augenblick und sah zu Caleb auf, der ein grimmiges Geräusch ausstieß, das nur sehr entfernt an ein Lachen erinnerte.

„Das bekommt meine Mutter noch zu hören", erklärte er bedrohlich und Revenge schüttelte den Kopf.

„Wie kann so eine Person denn bitteschön Rundflüge über New York machen dürfen? Ist doch eine Frage der Zeit, bis sie – Ah, unser Wagen!"

Mary-Anne hatte einen Transporter gemietet, der jetzt auf sie wartete. Die großen Taschen waren schnell darin verstaut und Caleb versuchte sie schnellstmöglich an die Ostküste zu bringen, wo ein Boot auf sie wartete.

Überraschenderweise zeigte sich der kanadische Winter milde. Die Temperaturen lagen knapp über dem Gefrierpunkt und die Schneemassen an den Straßenseiten schmolzen unaufhaltsam vor sich hin; was ebenfalls dahinschmolz, war das Sonnenlicht. Der Flug hatte fast drei Stunden gedauert und es war bereits nach drei Uhr Nachmittag.

„Wir haben noch maximal eine Stunde Sonnenlicht, wenn wir erst einmal auf dem Boot sind", sagte er in die Stille hinein.

„Es wäre ohnehin viel zu gefährlich, die Insel bei Tageslicht zu betreten. Wir müssen uns in der Nacht dort positionieren und nach Möglichkeit auskundschaften, wo die Sicherheitsschwachstellen liegen, wo die Wachen stehen und natürlich, wo aller Voraussicht nach das neue *Produkt* aus dem Gebäude gebracht werden wird."

„Klingt nach einer kurzen Nacht", befand Revenge.

„Hoffentlich lang genug, um alles vorzubereiten. – Shelley?"

Sie hob den Kopf, als Caleb das Wort an sie richtete. „Ja?"

„Hast du die Pistole?"

„Ja, habe ich."

„Und du kannst sie bedienen?"

„Ja."

„Gut. Sehr gut."

„Warum fragst du das?", wollte Hawk wissen.

„Weil wir beide nach Sonnenuntergang die Insel sondieren werden. Du von oben und ich von unten. Und unsre beiden Frauen mit der simplen Homo-Sapiens-Sapiens-Genetik -"

„Pass auf, was du sagst, mein Freund!", drohte Revenge, woraufhin ein Lächeln über sein Gesicht huschte.

„Ich will nur sagen, sie sollen sich verteidigen können, wenn sie auf sich gestellt sind."

Eine eiserne Faust schloss sich um Hawks Herz, wenn er daran dachte, dass er Shelley in solch unmittelbarer Gefahr alleinlassen sollte, doch die Entscheidung war getroffen und er nickte.

„Das sollen sie auf jeden Fall."

*

Es dauerte eine knappe Stunde bis sie das Ostufer von Nova Scotia erreicht hatten. Trotz all der Anspannung konnte Hawk nicht umhin zu bemerken, was für eine außergewöhnlich schöne Küste diese Insel hatte. Steile Klippen, Wälder, dann wieder Sandstrände und Dünen neben pittoresken kleinen Siedlungen mit bunten Holzhäusern, die sich an die schäumende See schmiegten.

Die Überfahrt mit dem Boot verlief dank ruhiger See komplikationslos und als sie laut Navigation noch etwa eine halbe Meile von Blakes privatem Alcatraz entfernt waren, brachte Hawk die Motoren zum Stoppen.

„Nicht näher“, sagte er, woraufhin er fragende Blicke erntete.

„Ich kann schon einige Biosignaturen spüren …“

„Biosignaturen?“ Shelley blickte ihn fragend an und er nickte.

„Wie ich deine Verletzungen erspüren kann, so spüre ich generell … Leben. Herzschläge, Atmung und so weiter.“

„Das spürst du auf diese Entfernung?“, fragte Revenge erstaunt.

„Ja. Und wenn es noch einen oder mehrere Alpha-Helix-Träger dort gibt, ganz abhängig davon, über welche Fähigkeiten sie verfügen, dann haben sie vielleicht dieselbe Reichweite wie ich.“

„Wie viele Menschen spürst du?“

„Zwei. Aber wir sind wirklich noch sehr weit weg. Es könnten hunderte dort sein und es sind einfach diese beiden, die uns am nächsten stehen.“

„Wenn du die Insel überfliegst, in einer Höhe, die wirklich sicher ist, kannst du dann abschätzen, wie viele es sind und wo sie sich befinden?“

„Wenn sie im Freien sind, ja.“ Hawk lächelte schief. „Ich bin nicht Superman.“

„Aber nah dran“, erklärte Shelley mit einem Zwinkern.

Caleb erhob sich und zog eine der großen schwarzen Taschen auf.

„Dann lass uns mal die Lage sondieren.“

Shelley fragte sich, wie Caleb zu der Insel kommen wollte. Hawk konnte ja fliegen, aber er …?

„Hier ist der Neoprenanzug in XXXL“, verkündete Revenge und streckte ihm das unförmige Ding entgegen, das er mit einem Murren nahm, um sich dann die Schuhe abzutreten.

„Du schwimmst?“, fragte Hawk.

„Ich bin ziemlich flink zu Wasser.“

Er streifte sich die Kampfmontur ab, zog den Neoprenanzug über und verstaute zwei Messer an seinem Gürtel, bevor er Hawk zunickte.

„Wollen wir?“

„Von mir aus kann's losgehen.“

Als er versuchsweise die Flügel spreizte, um festzustellen, ob er genug Platz zum Starten hatte, verschlug es Shelley einmal mehr die Sprache.

Sie bemerkte erst, dass Revenge sich zu ihr herübergelehnt hatte, als sie ihr ins Ohr flüsterte: „Er ist ziemlich beeindruckend.“

Unwillkürlich musste Shelley grinsen.

„Das ist er“, gab sie leise zurück und sah Hawk fest in die Augen, als er sich mit einigen kraftvollen Flügelschlägen vom Boot erhob, während Caleb in die eisigen Fluten sprang.

Revenge zog den Reißverschluss an ihrem Kragen bis zum Kinn und schüttelte sich fröstelnd.

„Macht aber ganz schön viel Wind.“

Shelley drehte sich zu ihr herum und konnte nicht verbergen, wie glücklich sie war, Hawk gefunden zu haben, und gleichzeitig wie grenzenlos ihre Angst war, dass sie ihn womöglich sofort wieder verlor.

Revenge legte ihr einen Arm um die Schulter. Es war nur zum Teil eine tröstende Geste, denn auch Caleb schwebte einmal mehr in großer Gefahr.

„Lass uns etwas trinken, bis die beiden zurück sind."

„Wasser?"

„Whisky."

Zu Shelleys ehrlicher Überraschung zog sie einen silbernen Flachmann aus der Tasche und hielt ihn ihr unter die Nase.

„Sollten wir nicht nüchtern bleiben, während die beiden …"

Sie ließ den Satz in der Luft hängen, während Revenge den Kopf schüttelte.

„Dreh ihn mal um!"

Shelley drehte die silberne Flasche in ihren Händen. Auf der Rückseite war eine Gravur.

„Caleb'sche Nervennahrung für lebensbedrohliche Stresssituationen", las sie die Inschrift laut vor und blickte auf.

Revenge gab ein Achselzucken von sich. „Er hat sie mir zum Geburtstag geschenkt. Auch wenn wir das erste Mal wirklich an einem anderen Schöpfer dran sind, merkt man doch schnell, dass man mit keinem Menschen zusammenlebt. – Ganz besonders, wenn der Drang zu töten so dominant ist."

Shelley verschränkte die Hände ineinander. Unweigerlich schoben sich die Bilder des Abends vor ihr inneres Auge, wo Hawk Nicodème in Stücke gerissen hatte.

Trotzdem …

„Hawk ist nicht so. Ich meine, er hat …"

„Nein, das hat er nicht. Er ist ein guter Mann, der auf seine Fähigkeit zu morden nur dann zurückgreift, wenn es sein muss, um sich selbst oder jemand anderen zu schützen."

Shelley nickte gedankenversunken und wünsche sich einmal mehr, dass all das bereits hinter ihnen liegen würde.

„Aufschrauben!"

Sie sah auf. „Was?"

„Wenn du die Flasche nicht aufschraubst, kannst du nicht trinken. Und wenn du nicht trinkst, dann hat der edle Tropfen überhaupt keine Chance seine beruhigende Wirkung zu entfalten."

Revenge lächelte Shelley aufmunternd an, so dass sie schließlich gehorchte und einen ordentlichen Schluck nahm. Die Flüssigkeit brannte sich ihren Weg durch die Speiseröhre, hinab zu ihrem Magen und verteilte sich dort als wohlige Wärme.

„Schon besser?"

Sie lächelte etwas halbgar. „Naja."

„Kommt sicher noch. Du wirst sehen. – Apropos, kommen …" Sie zeigte in die Dunkelheit über dem Boot. „Der junge Mann kommt uns doch bekannt vor."

Shelley hob den Blick und sah zuerst Hawks Flügel, die den Nachthimmel durchteilten, dann seine Füße und schließlich den Rest seines Körpers.

Unwillkürlich steigerte sich ihr Herzschlag zu einem wilden Trommeln. Sie trat ein wenig zurück, damit er ungehindert landen konnte. Und als seine bekrallten Füße endlich das Deck berührten, sackten ihre Schultern erleichtert herab; vor allem, weil er unversehrt war. Sie kam zu ihm und nahm seine Hand, die er aufmunternd drückte.

Plötzlich spritzte Wasser über die Reling.

Als Shelley herumwirbelte, schoss Calebs Körper regelrecht daran empor und mit einem kraftvollen Sprung landete er auf dem hellen Fieberglasboden des Bootsdecks.

„Verdammt! Er war schneller“, erklärte er atemlos, woraufhin Hawk Shelley triumphierend zuzwinkerte.

„Habt ihr nur ein kleines Wettrennen gemacht oder gibt es sonst auch noch etwas Sinnvolles zu berichten?“, wollte Revenge wissen.

„Ich war nur an der Küste und hab die Zugänge, die es zum Anwesen aus dieser Richtung gibt, überprüft. – Die besseren Infos müsste wohl Hawk haben.“

Dieser nickte, während er in Schuhe stieg und sich seine Flügel deutlich zurücktransformierten.

„Ich habe sechs Sicherheitsleute ausmachen können.“

„Nur sechs?“, fragte Caleb überrascht.

„Ja, aber das ist nicht das Interessanteste. – Ich glaube, ich weiß, wie sie das neue … Produkt von der Insel schaffen wollen. Wenn ich Recht habe, wird es dafür dann auch tatsächlich nicht viele Sicherheitsmänner brauchen.“

„Wie denn?“, wollte Shelley wissen.

„Mit einem Isolationscontainer.“

„Was soll das sein?“

„Wenn irgendwo Ebola ausbrechen würde oder die Lungenpest oder etwas in der Art, dann können Patienten darin betreut und notfalls auch transportiert werden. Sie sind logischerweise völlig luftdicht, aus- und einbruchssicher. Außerdem können sie wie normale Frachtcontainer auf Schiffe und Flugzeuge verladen werden“, erklärte Revenge, die sich damit offenbar auskannte.

„Das heißt also, wenn wir an Blakes Schöpfung herankommen wollen, müssen wir das tun, bevor er in den Container verladen wird?“

„Jein. Ich habe eine kleine Spielerei entwickelt. Gearbeitet habe ich daran schon länger, hatte die Programmierung in eine Online-Cloud geladen und sie gestern auf zwei Sticks gezogen. – Sie sind in der Tasche.“ Er zog die Stirn kraus und sah die Reihe von schwarzen Taschen an. „In einer davon.“

„Und was können sie?“

„Sie knacken Codes, hoffe ich. Bis zu 12stellige. Man kann sich die Anzahl der Kombinationsmöglichkeiten bei solchen Zahlenreihen kaum vorstellen und es kann Stunden dauern, bis eine Decodierung gelingt. Aber es ist ja noch Abend und wenn wir den Stick dort heute noch anbringen könnten und die Decodierung bis morgen laufen lassen, dann kommen wir vielleicht in den Container, wenn er schon unterwegs ist und niemand mehr damit rechnet. Dann müssten wir uns nicht auf offenem Feld und fremdem Territorium dieser Horde von Killern stellen, die mit dem Schlimmsten rechnen.“

Shelley, die sich für zu dämlich hielt, an ihrem Internetbrowser ein Update durchzuführen, konnte ihre Bewunderung schwer verbergen. Auch Caleb und Revenge schwiegen beeindruckt.

„Das ist eine ziemlich gute Idee, oder?“, fragte sie.

Caleb nickte. „Sehr gut sogar. Wenn es funktioniert.“

„Ob es wirklich funktioniert, wissen wir erst nach ein paar Stunden, aber ob es funktionieren kann, wissen wir sehr schnell. In dem Moment, wo das Programm anfängt zu decodieren, haben wir eine Chance.“

Caleb warf den Frauen und dann Hawk einen langen Blick zu. Dann ein Achselzucken.

„Ich kann das nicht alleine entscheiden. Was meint ihr?“

Schweigen senkte sich über das Boot und alles, was neben dem pfeifenden Wind zu hören war, blieben die Wogen, die gegen die Bootswand klopften.

„Wir müssen das Risiko gegen die besten Chancen abwägen“, hörte Shelley sich sagen und war beinah selbst von ihrem analytischen Ton überrascht.

Hawk nickte. „Das kleinste Risiko haben wir sicher, wenn wir uns an den Container schleichen, den Stick anbringen und dann wieder verschwinden. Ich kann über einen Sender tracken, ob das Programm läuft und wie weit es kommt, beziehungsweise – im besten Fall – wann es fertig ist.“

„Du kannst den Stick aber nicht anbringen“, warf Revenge ein. „Wenn du landest, machst du so viel Wind wie ein Hubschrauber.“

„Das könnte ich erledigen“, warf Caleb ein. „Hawk kann mir den Rücken freihalten für den Notfall, aber er bräuchte nicht so nah herankommen, dass er gesehen wird, wenn alles nach Plan läuft.“

„Und wenn der Container erst auf ein Schiff verladen ist, wäre es viel leichter, einzudringen und Blakes Männer …“

„Auszuschalten.“ Caleb nickte finster. „Ganz genau.“

Shelleys Blick lag auf Hawks entschlossenem Gesicht und wenn sie daran dachte, dass sie ihn in dieser Nacht verlieren könnte, dann wurde ihr beinah schwarz vor Augen.

Der Gedanke, dass er nicht mehr bei ihr sein könnte, war ihr unerträglich. Als würde jemand einfach ein Stück von ihr selbst herausreißen und dann verlangen, dass sie weiterlebte. Beides wäre unmöglich.

Sie straffte die Schultern und blickte Caleb an. „Wenn ihr jetzt aufbrecht, dann seid ihr in weniger als einer Stunde zurück und das Programm hat mehr als 13 Stunden, um den Code zu knacken. Wenn der Container dann verladen ist, gibt es mehr Angriffspunkte und Möglichkeiten; besonders, da es morgen stürmisch werden soll. Das wird ihre Sicht verschlechtern."

Hawk zog die Stirn kraus. „Seit wann bist du denn Militärstrategin?"

„Seit dein Leben auf dem Spiel steht." Sie sah zu Caleb hinüber. „Oder stimmt irgendetwas nicht von dem, was ich gesagt habe?"

„Ich würde es zu 100 Prozent unterschreiben."

Hawk nickte. „Dann ist es beschlossen."

Als sein tiefer Blick Shelley traf, hatte sie das Gefühl, er würde bis hinab auf ihr Herz blicken, das aus Angst vor ihm, kaum noch wagte zu pochen. Doch sie wusste, diese Nacht konnte für alle die Erlösung bringen; also beschloss sie, daran zu glauben.

*

„Und ihr versucht nur, den Stick am Container anzubringen, und verschwindet dann wieder, ja?" Shelley sah Hawk eindringlich an, während er die Waffen an seinem Anzug festschnallte.

„Ja, Ma'am", antwortete er mit einem Lächeln, dessen Unbeschwertheit sie ihm keine Sekunde abnahm.

„Keine Dummheiten machen!"

„Ich verspreche es." Er zog sie in seine Arme und sie presste sich so fest sie konnte an ihn, obwohl die Läufe der Pistolen schmerzhaft in ihren Brustkorb drückten.

Er schlang Arme und Flügel um sie, so dass sie sich – aufgehoben in einem 360-Grad-Paravan aus nach Seide duftenden Federn – noch einmal ungesehen küssen konnten.

Als Shelley wieder aufsah, war ihr Blick trübe.

„Versprich mir, dass du wieder zu mir zurückkommst."

„Ich verspreche es", gelobte er und strich die Träne von ihrer Wange.

Sie schmiegte sich in seine Handfläche und betete, dass sie diese Nacht überstehen würden.

Als Hawk langsam die Flügel anhob und von Shelley abließ, straffte sie die Schultern und nickte.

„Abflugbereit?", fragte Caleb hinter ihr.

Hawk nickte. „Abflugbereit!"

Caleb beugte sich über Revenge. Im ersten Moment wirkte es, als wollte er sie auffressen, doch im zweiten küsste er sie innig und ließ dann von ihr ab.

Shelley blickte abwechselnd zwischen den beiden Männern hin und her und fragte sich, wie sie deren Rückkehr abwarten und dabei nicht den Verstand verlieren sollte.

Caleb

Caleb war bereit zuzugeben, zumindest, wenn keiner es hörte, dass er sich in dem jungen Hawk Dawson getäuscht hatte. Er hatte geglaubt, dass er – Alpha Helix hin oder her – durch das lange Leben mit seiner Mutter so sehr zum Mensch geworden war, dass er von dem Teil seiner Genetik, die ihn Caleb doch zumindest ähnlich machte, nichts mehr zurückbehalten hatte.

Doch die letzten Tage hatten ihn eines Besseren belehrt.

Hawk war ein guter Mann und konnte gleichzeitig, wenn es die Situation erforderte, ohne zu zögern, töten.

Das war für Caleb genauso eine Lebensversicherung, wie für das Mädchen, das Hawk liebte. Denn er hatte viele von Calebs Schwächen ohne seine offensichtlichen Schwächen.

Er beobachtete ihn, wie er die Pistolen an seinem Körper verstaute. Zwei davon würde er nach der Landung an Caleb abtreten, der ja in Ermangelung von Flügeln auf den Seeweg angewiesen war. Dann schloss er Shelley in Arme und Flügel und erklärte sich schließlich bereit.

Mit einem letzten Blick auf Revenge und dem Gedanken, dass das Boot hoffentlich weit genug von der Insel entfernt war, damit es unbemerkt blieb, stürzte er sich in die Fluten.

Alles, was mit dem eisigen Wasser in Kontakt kam, zog sich schmerzhaft zusammen; zum einen Calebs Gesicht, zum anderen seine Füße.

Mit kräftigen Schlägen schwamm er in Richtung der kleinen Felsinsel, auf der dieser vermaledeite Blake sein Büro hatte.

Es war schwer zu sagen, ob er noch skrupelloser war, als sein eigener Schöpfer, doch wenn er wirklich noch ein weiteres gesundes Wesen erschaffen hatte, dann war er zumindest erfolgreicher. Er würde kein Risiko eingehen, damit ihm nicht das gleiche wie mit Hawk geschah. Vermutlich war die damalige Schwachstelle – die Mutter – schon lange beseitigt. Vermutlich war das Wesen, das Caleb sich weigerte, als Produkt zu bezeichnen, schon vorgebildet und an seine Aggressivität und Mordlust herangeführt worden. Und es stellte sich unwillkürlich die Frage, ob es genauso zu seinen Gegnern gehören konnte, wie Blake selbst.

Wenn es so war, würde es für Hawk eine verdammt schwere Prüfung darstellen, zu entscheiden, was mit ihm zu tun sein würde.

Als die Insel in Sichtweise kam, sondierte er die Wachposten, die sie vor weniger als einer Stunde ausgemacht hatten und stellte fest, dass sie noch am selben Fleck postiert waren. Dementsprechend schwamm er eine schwer einsehbare Bucht an und ging dort unbemerkt an Land. Vermutlich wurde die Stelle deswegen so schlecht bewacht, weil sie für einen Menschen praktisch unüberwindbar war.

Für Caleb jedoch war es kein Problem aus dem Stand fünf Meter in die Höhe zu springen.

Und das tat er auch. Dann streifte er die Kapuze des Neoprenanzugs ab, um besser hören zu können.

Hawk kreiste in etwa einhundert Metern Höhe über ihm und hatte ihn dank seines außergewöhnlichen Sehvermögens sicher im Blickfeld.

Vorsichtig und ständig darauf bedacht, nicht einer unbemerkten Wache ins Auge zu fallen, bewegte er sich in die Richtung vorwärts, in der laut Hawk der Container stand.

Leider stand er in praktisch unmittelbarer Nähe des Gebäudes. Vermutlich hatten sie ihn so nah es ging an die Verladestelle herangeschafft, damit der Weg vom Inneren des Labors zum Container möglichst kurz war.

Caleb hatte keine Ahnung, wie das jüngere Produkt war, aber feststand: Nur weil es ebenfalls Flügel haben würde, musste es im Wesen nicht einmal ansatzweise Hawk entsprechen. Es konnte völlig anders sein, mordlüstern, halb wahnsinnig. Es war möglich, dass es alles und jeden angriff, der ihm zu nahekam, nur rohes Fleisch verzehrte, wie der tierische Anteil seines Genoms oder womöglich überhaupt nichts zu sich nahm, was er nicht vorher selbst getötet hatte.

Er war eine Wundertüte, und womöglich nicht eine von der angenehmen Sorte.

Nach fünfzig Metern durch Schnee und über vereiste Pfützen, an schroffen Felsen und überzuckerten Büschen vorbei, kam endlich der Container in Sicht, von dem Hawk gesprochen hatte.

Er stand etwa dreißig Meter vom Gebäude entfernt. Dahinter konnte Caleb am Ufer einen Kran ausmachen. Damit wurden vermutlich sonst Boote auf Land gehoben, aber mit dem Container funktionierte es anders herum sicher genauso.

Drei Wachen umkreisten den Container und eine war am Tor des Gebäudes postiert.

Sie durften keine von ihnen ausschalten, um niemanden misstrauisch zu machen, also galt es, sich anzuschleichen und den Stick unbemerkt am Codeboard anzubringen, um dann genauso unbemerkt wieder zu verschwinden.

Kurz presste er die Hand auf die Brusttasche, wo der Stick verstaut war, dann setzte er seinen Weg fort.

Zwar konnte Caleb keine Biosignaturen wahrnehmen, doch hatte er doch in Hawks Gegenwart eine Art Prickeln im Blut, das ihm sagte, dass er anders ist, als die anderen Menschen. In der Nähe der Wachmänner empfand er nichts dergleichen. Es waren normale Menschen, bewaffnet mit Sturmgewehren und wachsam, aber auf keinen Fall Träger der Alpha-Helix.

Gerade in dem Augenblick sauste etwas vom Himmel; dann noch etwas. Die zwei Pistolen, die Hawk für ihn abwarf, landeten lautlos im Schnee, wo Caleb sie schnell herausfischte und an seinem Gürtel befestigte.

Als ein grelles Suchlicht aufleuchtete, duckte er sich schnell hinter einen Felsen und wartete ab, bis der Lichtkegel an ihm vorbeigeglitten war.

Dann huschte er im Schatten mehrerer Büsche vorwärts bis zur nächsten Deckung.

Der Blick daran vorbei zeigte, dass er kaum noch zehn Meter vom Container entfernt war.

Die drei Wachen, die darum herum patrouillierten, ließen ein Zeitfenster von maximal drei Sekunden, um ungesehen das Codeboard zu erreichen und wieder zu verschwinden.

Der Suchscheinwerfer war ein zusätzliches Risiko, so dass Caleb einige Runden von Wachen und Scheinwerfer abwartete, um den besten Zeitpunkt zu finden.

Er zog den Reißverschluss seiner wasserdichten Tasche auf und nahm den Stick, besah ihn und drehte ihn so in seinen Fingern, dass er keinen zweiten Versuch brauchen würde, um ihn in die richtige Richtung zu drehen.

Der Scheinwerfer glitt über seine Deckung hinweg, der Wachmann bog um die Ecke des Containers und Caleb sprang auf die Beine.

Unmenschlich schnell huschte er auf das Eingangstor des Containers zu, peilte die Tasten für den Code an, den kleinen USB-Port daneben und steckte den Stick ein, der mit dem sofortigen Aufleuchten eines Kontrolllämpchens anzeigte, dass er Strom hatte.

Caleb wirbelte herum, verschwand mit einem langen Satz hinter seiner Deckung und hörte, wie eine halbe Sekunde später der nächste Wachmann hinter ihm patrouillierte. Er veränderte weder die Geschwindigkeit seiner Schritte noch seine hörbare Atmung. Der Scheinwerfer vollführte weiterhin seine geistlosen Kreise und bei Caleb stellte sich das Gefühl von Beruhigung ein.

Jetzt musste er nur noch heil zum Ufer zurückkommen und dann –

Caleb fuhr auf, als über ihm eine Art Zischen zu hören war. Etwas kam mit unglaublicher Geschwindigkeit auf ihn zu und bevor er noch wirklich begriff, was geschehen war, lag Hawk vor seinen Füßen.

Ein Bolzen steckte in seiner Schulter, zwei weitere in seinen Flügeln. Bolzen, wie von einer Armbrust.

„Verdammte Scheiße!", knurrte Caleb und zog die kurzen, dicken Pfeile mit den Metallkappen aus seinen Flügeln, dann drehte er Hawk auf den Rücken, so gut es ging.

Er atmete noch und das war vorerst das einzige, was zählte.

Caleb hob ihn auf und lief mit ihm zum Ufer, doch kaum hatte er einige Meter hinter sich gebracht, fuhr ein kochender Schmerz in seine linke Wade, die ihn straucheln und samt Hawk zu Boden gehen ließ.

Er kämpfte sich wieder in die Höhe, riss den Bolzen aus seiner Wade und wirbelte herum, als ihn auch schon der Suchscheinwerfer fand und so sehr blendete, dass er für einen Moment blind war.

Er griff sich beide Pistolen und drehte sich damit mehr oder weniger orientierungslos im Kreis.

„Die können Sie ablegen, Mister Green. – Oder soll ich Sie lieber Produkt 11.23-A nennen?"

Blakes Stimme zu lokalisieren war für Caleb auch blind kein Problem. Er wirbelte herum und schoss ein halbes Magazin leer. Mit dem Ergebnis, dass er offenbar rein gar nichts traf.

Stattdessen schoss ihm irgendetwas die Waffe aus der Hand und durchschlug seine Handfläche.

„Zu feige, sich zu zeigen?", knurrte er und spürte, wie seine Instinkte emporkochten und der Drang zu töten sich über seine Sinne legen wollte.

Er musste sich beherrschen, das wusste er. Vielleicht konnte er selbst überleben, aber wenn Hawk, der bewusstlos hinter ihm lag, es auch schaffen sollte …

„Legen sie die andere Waffe weg, 11.23-A. Dann lenken wir diesen unangenehm grellen Lichtstrahl in eine andere Richtung."

Als Caleb zögerte, seufzte Blake irgendwo vor ihm hörbar.

„Es sei denn natürlich, mein unvergleichlich perfektes Produkt, das da hinter ihnen bewusstlos am Boden liegt, soll noch einen Bolzen ins Herz kriegen."

„Das würden Sie nicht wagen!"

„Oh, wer weiß? – Ich habe noch ein weiteres Wesen geschaffen, das nicht durch seine menschliche Mutter verweichlicht ist. Ich brauche ihn womöglich gar nicht mehr."

Caleb versuchte, tief durchzuatmen. Wenn er Blake nur endlich sehen könnte, würde er vielleicht Hawk und sich in Sicherheit bringen können.

Schweren Herzens ließ er die Waffe fallen und einen Augenblick später verschwand das blendende Licht.

Leider verschwand auch seine Hoffnung, denn Blake wurde von vier Wachmännern begleitet. Er hielt eine Armbrust in der Hand und trug ein abscheuliches Lächeln im Gesicht.

„Sehr schlau von Ihnen! – Und nun übergeben Sie uns den jungen Mister Dawson und sich selbst, wenn möglich."

Caleb brachte ein grimmiges Lachen zustande, während Blut aus seinem Bein und seiner Handfläche quoll.

„Niemals, Arschloch!"

Blake schüttelte tadelnd den Kopf. „Das habe ich an meinem Kollegen nie verstanden. Warum hat er sich das Genom einer so rohen Gattung ausgesucht. – Sehen Sie mein Produkt an! Wer kann es mit seiner Eleganz und Schönheit aufnehmen? Was kann er alles vollbringen?"

„Offenbar nicht viel. Sie haben ihn gerade abgeschossen."

„Er wird uns dennoch von großem Nutzen sein. – Mister Green, ich fordere sie ein letztes Mal auf."

Er legte einen neuen Bolzen ein, zielte auf Hawks Brustkorb und drückte ab.

Caleb zuckte nach vorne, fing das Projektil mit seinem Arm ab, der davon mit einem widerwärtigen Geräusch durchschlagen wurde und trotzdem in Hawks Brustkorb drang, wenn auch nur ein bisschen und hoffentlich nicht tödlich.

Mit einem wütenden Aufbrüllen wirbelte Caleb herum und schoss auf den erstbesten Wachmann zu, den er zu fassen bekam. Es bedurfte nur eines Prankenhiebs um seinen Oberkörper in Fetzen zu reißen. Während er leblos zu Boden sank, hatte Caleb bereits den zweiten Mann gepackt.

Erst jetzt bemerkte er die lange Klinge in seinen Händen. Er stieß sie in Richtung Calebs Kehle, der im letzten Augenblick ausweichen konnte, und den Schnitt an seiner Schulter spürte. Er warf den Mann von sich und hörte, wie er irgendwo mit einem tödlichen Knacken aufschlug und sich nicht mehr rührte. Als er wieder herumwirbelte, hatte er nur einen Sekundenbruchteil, um die Situation zu erfassen.

Der Wachmann neben Blake hatte ein Sturmgewehr im Anschlag und selbst die entmenschte Seite Calebs begriff sofort, dass ein Beschuss mit dieser Waffe nicht zu überleben war, er hechtete hinter die nächstgelegene Deckung und hörte, wie die Schüsse auf den Stein vor ihm einprasselten.

„Vorrücken!“, brüllte Blake. „Chester, mein Produkt! - Bringen Sie ihn ins Labor!“

Ein wütendes Grollen drang aus Calebs Kehle, doch Hawk zur Rettung zu eilen wäre Selbstmord gewesen. Er musste zum Boot; musste wenigstens die Frauen retten. Es wäre nur eine Frage der Zeit, bis Blakes Männer wüssten, wo es lag. Und dann würden sie alle Spuren beseitigen.

Das Ufer war fünfzehn Meter entfernt und eines seiner Beine war so gut wie nutzlos.

Er verlagerte all sein Gewicht auf das unversehrte Bein, spannte seine Muskeln an und sprang mit einem letzten Blick auf Hawks reglosen Körper in die eisigen Fluten.

Shelley

Zum gefühlt eintausendsten Mal blickte Shelley auf ihre Armbanduhr, nur um festzustellen, dass seit dem letzten Mal kaum eine Minute vergangen war.

„Wenn du so weitermachst, wirst du verrückt“, erklärte Revenge mit einem aufmunternden Lächeln.

„Ich bin schon auf dem besten Wege.“

„Du darfst dir nicht so viele Sorgen machen. Es wird schon alles klappen.“

Als das Boot plötzlich wackelte, fuhren beide Frauen auf und wirbelten um die eigene Achse.

Revenge zog eine Pistole und Shelley tat es ihr ein paar Sekunden später gleich.

Der Puls hämmerte ihr in den Schläfen und ihre überbrodelnde Angst schmeckte sie blechern auf der Zunge.

Wenn Blakes Männer sie jetzt fänden, wäre es mit der spärlichen Bewaffnung nur eine Frage der Zeit, bis sie sie überwältigt hätten.

„Von wo kommt das?“ Revenge schoss an die Reling und zielte mit Pistole und Taschenlampe auf die düsteren Wogen. Sie hatte das halbe Boot umrundet, da fiel ihr mit einem Ächzen die Pistole aus der Hand. Shelley lief sofort zu ihr.

Im Wasser war Caleb. Er trieb mehr als er schwamm, Blut sickerte aus zahllosen Schnitten seines Neoprenanzugs.

„Hilf mir, ihn hochzuziehen! Schnell!“

Shelley legte die Waffe weg und packte nach Calebs Arm, den er in die Höhe streckte. Seine Krallen waren erschreckend lang, die Schultern wirkten massiger als sonst und sein gequälter Blick so hart vor Wut, dass er ihr Angst machte.

Davon abgesehen war er so schwer, dass die beiden ihn niemals über die Reling hätten ziehen können, wenn er nicht mit letzter Kraft mitgeholfen hätte.

Wie ein nasser Sack fiel er auf Deck. Wasser und Blut verteilten sich auf der hellen Oberfläche.

Revenge packte nach dem Reißverschluss des Neoprenanzugs und zog ihn auf. Dann packte sie das Messer.

„Hilf mir, ihn rauszuschneiden!"

Shelley starrte wie versteinert auf Caleb, ohne sich zu rühren.

„Wo ist Hawk?", fragte sie tonlos.

Calebs Augen waren glühende Ovale, Reißzähne schimmerten an seinen Lippen. Er sah kaum noch aus wie ein Mensch.

Als er schwieg, kochte schreckliche Angst in ihr empor.

„Wo ist Hawk, Caleb? Wo ist er?"

Als Shelley ihn berührte, schoss er wie eine Furie in die Höhe, riss den Mund auf und stieß ein unmenschliches Brüllen aus.

Shelley kippte nach hinten, landete auf dem Hintern und rutschte zurück, bis sich die Reling in ihren Rücken bohrte.

„Das ist, weil er so viel Blut verloren und Schmerzen hat! Warte!" Sie nestelte an ihrer Jacke, förderte eine Spritze zutage und streckte Calebs Arm durch.

Ihre Berührungen ließ er sich ohne zu murren gefallen und kaum, dass die Spritze gesetzt und der Kolben heruntergedrückt waren, wurden seine Züge wieder menschlicher.

Nur, weil sie die Antwort auf ihre Frage bekommen musste, wagte sie es, sich ihm nochmals zu nähern.

Als sie ihn diesmal ansah, erwiderte er ihren Blick. Gequält und … hoffnungslos.

Sie presste ihre zitternde Hand auf den Mund und konnte nicht verhindern, dass Tränen in ihr aufsteigen.

„Bitte“, hauchte sie. „Sag nicht, dass … - Bitte nicht!“

Caleb schloss für einen Augenblick die Augen, während Revenge Verbände und Kompressen aus ihrem Erste-Hilfe-Kit holte.

„Sie haben … uns entdeckt“, war Calebs Antwort. „Hawk wurde … abgeschossen.“

„Tödlich?“, sprach Revenge aus, was Shelley nicht zu fragen wagte.

„Nein. In die Schulter und beide Flügel. Aber er war bewusstlos. Blake war da, mit vier Mann. Zwei konnte ich ausschalten, aber der Dritte hatte ein Maschinengewehr.“ Er schluckte und es war ihm anzusehen, wie viel Kraft es ihn kostete, nicht die Besinnung zu verlieren. „Es tut mir so leid“, sagte er dann zu Shelley. „Ich konnte ihn nicht mitnehmen. Ich … - alles, was ich tun konnte, war zu euch zu kommen, und euch warnen, damit sie euch nicht finden. – Wir müssen weg, bevor sie das Boot entdecken.“

Shelley taumelte zurück, als hätte er sie mit aller Wucht geohrfeigt.

„Weg?“, hauchte sie fassungslos. „Weg? – Hawk seinem Schicksal überlassen? Bist du verrückt?“

„Es ist verrückt, hier zu bleiben und auf sie zu warten. Sie werden uns niedermetzeln. Nichts Anderes!“

„Und Hawk?“

„Er lebt. Sie werden ihn nicht töten.“

„Was macht dich so sicher, wo Blake doch nun noch ein Wesen wie ihn erschaffen hat?“

Caleb schwieg für einen verräterischen Augenblick, dann deutete er schwach ein Kopfschütteln an.

„Wir müssen fort von hier und kommen schnellstmöglich zurück. Wir holen ihn da raus! – Das letzte, was er wollen würde, wäre ein sinnloser Rettungsversuch, der uns womöglich alle das Leben kostet."

„Caleb hat Recht", stimmte Revenge zu. „Ohne Caleb sind wir so gut wie verteidigungsunfähig. In spätestens zwei Tagen ist er wieder fit und dann holen wir Hawk hier raus."

Shelley starrte auf die beiden hinab, doch wirklich erkennen konnte sie sie nicht mehr.

Stattdessen sah sie nur Szenen vor sich, in denen Hawk gefoltert und getötet wurde. Die Schreie, die er in ihrem Kopf ausstieß, fuhren ihr durch Mark und Bein, zersplitterten ihr Herz und verschafften ihr einen Vorgeschmack darauf, wie es war, den Verstand zu verlieren.

Als würde sie neben sich stehen, sah sie sich nicken.

„Mir ist kalt", hörte sie sich sagen, „ich hole mir eine Jacke."

Sie drehte sich um und entfernte sich von Revenge und Caleb, ging auf die andere Seite des Bootes, krallte sich mit beiden Händen an die Reling und schloss vornübergebeugt die Augen.

Für einen Augenblick herrschte nichts als heilloses Chaos in ihrem Kopf, haltlose Gedankenfetzen, schreckliche Bilder und gequälte Schreie. Überall war Blut. Es tropfte von seinen schimmernden Federn und rann über seine leicht gebräunte Haut. Sogar seine Tränen waren rot.

Das Chaos verstärkte sich, wurde zu einem pochenden Schmerz in ihrem Kopf, der immer mehr anwuchs, bis er regelrecht explodierte.

Zuerst dachte Shelley, sie würde ohnmächtig, doch stattdessen überkam sie etwas, auf das sie nicht vorbereitet war: Klarheit.

Plötzlich war alles klar, alle Teilchen in ihrem Gedankenpuzzle setzten sich an die richtige Stelle und sie wusste verdammt genau, was zu tun war.

Ohne hinter sich zu sehen, riss sie Hawks Tasche auf, nahm den zweiten Stick aus dem Seitenfach und steckte ihn in ihre Hosentasche. Dann packte sie sich das erstbeste Kleidungsstück von Caleb, ein Messer und drehte sich wieder herum.

Die Haken des kleinen Rettungsboots waren schnell geöffnet und als es mit einem kaum hörbaren Plätschern ins Wasser glitt, blickte Shelley noch einmal zurück. Doch Revenge und Caleb waren viel zu abgelenkt, um zu bemerken, was sie tat.

Schnell kletterte sie über Bord, verstaute ihre wenigen Habseligkeiten am Körper und griff nach den beiden Paddeln, fädelte sie durch die Gabeln und ruderte los.

Sie fühlte sich wie ferngesteuert und gleichzeitig war sie sich nie sicherer gewesen, Herr der Lage zu sein. Jede Handbewegung, jeder Gedanke, alles diente nur dem einen Ziel: Hawk zu retten. Oder dabei selbst zu sterben.

Dass sie ihn liebte, das hatte sie gewusst.

Dass sie alles, aber wirklich alles für ihn opfern würde, das begriff sie erst jetzt.

Das Risiko, ihn in Blakes Händen zu belassen, war viel zu groß.

Niemand konnte ahnen, was ihm dieser antun wollte; niemand konnte sich vorstellen, zu welcher Art von Folter ein so eiskalter Sadist in der Lage war.

Als hätte sie einen eingebauten Kompass, der statt nach Norden dorthin zeigte, wo sich Hawk aufhielt, ruderte sie weiter.

Es dauerte schätzungsweise zehn Minuten, bis sie plötzlich Revenge hörte, die irgendwo im Nebel hinter ihr Shelleys Namen rief.

Doch schnell verstummte sie, nicht zuletzt, weil das Risiko, dass Blakes Wachen sie ebenfalls hörten, viel zu groß war.

Shelley ließ sich nicht aufhalten, im Gegenteil, ihre Ruderschläge wurden kraftvoller, schneller und dabei spielte es keine Rolle, das die Muskeln in ihren Armen brannten und ihr der Schweiß über die Stirn und in die Augen lief, bis sie eine Pause machen musste, um sich das Gesicht trockenzuwischen.

So gesehen war es ganz gut, dass sich ihr Körper mit Hitze auflud, denn bei ihrem Vorhaben würde sie gleich mehr Abkühlung finden, als ihr lieb sein konnte.

Sie war kein Idiot und wusste, dass in so kaltem Wasser fünf Minuten reichen würden, um sie bewegungsunfähig zu machen und umzubringen. Dementsprechend nah musste sie an das Ufer heranrudern.

Ihr Vorteil, vielleicht ihr einziger, war es, dass die Wachen Hawk bereits in ihrer Hand und Caleb so schwer verletzt hatten, dass er keine Gefahr mehr darstellte. Sie rechneten mit keiner neuen Bedrohung; und ob Shelley überhaupt so etwas wie eine Bedrohung darstellen konnte, würde sich ohnehin noch herausstellen müssen.

Ihr großes Glück war, dass auf Blakes Insel offenbar ein Suchscheinwerfer eingesetzt wurde. Er war wie ein Leuchtturm, der Shelley sicher in die richtige Richtung führte und zwei Wachmänner am östlichen Ufer im

Lichtkegel zeigte, während auf der westlichen Seite alles ruhig zu sein schien.

Dementsprechend wechselte sie die Richtung und legte mit dem kleinen Schlauchboot und brennenden Lungen, zitternden Armen, aber immerhin unbehelligt an. Sie zog es möglichst geräuschlos auf das steinige Ufer und versuchte sich im Schatten der Felsen zu orientieren. Der grelle Scheinwerfer vollführte offenbar eine 360-Grad-Drehung, so dass sie mindestens eine Minute hatte, um vom Ufer hinaufzuklettern und sich hinter einem Felsen zu verstecken, wo sie wertvolle Sekunden damit zubrachte, wieder zu Atem zu kommen.

Wider Erwarten hatte sie nicht ins Wasser springen müssen und war noch trocken, ein glücklicher Umstand, wenn man bedachte, wie weit es noch zu Blakes Anwesen und dem Container war, der davorstand.

Sie löste das Messer von ihrem Gürtel und umschloss es fest mit ihren Fingern. Dann hob sie vorsichtig den Blick über den Felsen, dessen Oberfläche genauso scharfkantig wie eiskalt war, und überlegte, wie sie am besten vorgehen konnte.

Die Frage war, wo Blake Hawk hatte hinbringen lassen. Ins Gebäude oder in den Container?

Wenn er schwer verletzt war und er sein Leben retten wollte, dann hätte er sicher in seinem Labor geeignete Geräte, um ihn zu behandeln und wenn nötig zu operieren.

Falls es aber wirklich so war, wie Caleb vermutete, nämlich dass nur die Schulter getroffen war und die Flügel, so war er lediglich bewegungsunfähig und deutlich leichter zu kontrollieren. Es war also gut möglich, dass er bereits im Container war.

Sie hatte noch Zeit genug, um den besten Weg dorthin auszukundschaften, also legte sie sich auf die Lauer, versuchte die Schatten der Wachen am Container auszumachen und behielt dabei die beiden Wachleute im Hinterkopf, die sie am gegenüberliegenden Ufer gesehen hatte.

Als plötzlich ein lauter Motor scheppernd ansprang, fuhr sie zusammen.

Das Geräusch kam von hinter dem Container, doch es war einfach zu dunkel, als dass Shelley hätte erkennen können, was genau es war.

Dann allerdings schwenkte der Scheinwerfer herum und warf seinen grellen Lichtkegel auf einen riesigen Kran, der seinen langen Arm behäbig herum und Richtung Container drehte.

Noch etwas Anderes war im Schein des Lichts zu sehen. Ein Boot, eher ein Schiff. Die Ladefläche war leer und zweifelsfrei groß genug, um den Container aufzunehmen. Es musste aufgrund der Größe viel Tiefgang haben, was auf der anderen Seite der Insel offenbar kein Problem darstellte.

Als Shelley begriff, was das für sie und Hawk bedeutete, gefror ihr das Blut in den Adern.

Sie würden ihn verladen. Nicht morgen früh, nicht in ein paar Stunden, nicht in dreißig Minuten, nein! Genau *jetzt*!

Und wenn sie nicht eine Möglichkeit fände auf das verdammte Schiff zu kommen, dann würde sie ihn womöglich … nie wiedersehen.

Trotz der Panik, war ihr glasklar, was zu tun war. Und da ihr das eigene Leben ohne Hawk plötzlich mehr als sinnlos vorkam, zögerte sie nicht eine Sekunde.

Sie kam aus ihrer Deckung und lief los.

Der Schnee am Uferbereich war nicht allzu hoch, aber je näher sie dem Gebäude kam, desto dichter wurde die Schneedecke. Felsen und Kuhlen im Gras waren darunter versteckt und sie stolperte mehr als einmal, auf dem Weg zur Anlegestelle des Schiffes.

Ihr Glück war es, dass in dem Augenblick, da die schweren Stahlseile in die Ösen des Containers eingehakt wurden, die Wachen viel zu sehr darauf konzentriert waren, um die keuchende Frau zu bemerken, die sich durch den Schnee und in ihre Richtung kämpfte.

Natürlich konnte sie nicht bis zum Container laufen, sie musste direkt auf das Schiff gelangen, und zwar am besten, bevor der Container – in dem sich Hawk hoffentlich befand – verladen war.

Als das Ufer wieder flacher wurde, war sie noch rund zwanzig Meter von der Anlegestelle entfernt.

Sie lief hinab, atmete einmal tief ein und sprang ins Wasser.

Die Kälte zog ihren Körper wie in einem grässlichen Krampf zusammen und für einen Augenblick fühlte es sich an, als wollte ihr Herz augenblicklich stehenbleiben.

Doch als es das gnädigerweise unterließ, schwamm sie so schnell wie möglich auf das Boot zu, wohlwissen, dass ihr kaum Zeit blieb.

Es dauerte weniger als eine Minute, bis sich das erste Taubheitsgefühl in ihren Gliedern einstellte.

Das Blut zog sich in ihren Brustkorb zurück, um die lebenserhaltenden Organe am Funktionieren zu halten.

Keuchend und prustend schwamm sie weiter. Obwohl es eigentlich kein Schwimmen mehr war, es war der pure Kampf gegen ihren Körper, der sich mehr und mehr weigerte, in dieser Eiseskälte zu funktionieren.

Shelley biss sich Meter für Meter voran und als der Container mit einem lauten Scheppern auf das Schiff aufsetzte, das direkt einen halben Meter im Wasser absank, berührte sie endlich die seitliche Stahlwand. Sie war rostig und die abblätternde Farbe zerschnitt ihr schmerzhaft die Handflächen, als sie verzweifelt versuchte, irgendwo Halt zu finden.

Die Rettung brachte tatsächlich der Suchscheinwerfer, der über das Schiff hinwegglitt, in dessen Schatten sich Shelley befand. Doch im flüchtigen Lichtschein erkannte sie eine in die bauchige Seitenwand eingelassene Leiter, zu der sie buchstäblich mit den letzten Kräften schwamm.

Als sie die zweitoberste Sprosse packte und sich so weit aus dem Wasser zog, dass ihr Oberkörper über der Oberfläche war, fühlte sich der Februarwind wie eine warme Umarmung an.

Doch Shelley wusste, sie durfte sich nicht täuschen lassen. Wenn sie nicht schnellstens aus dem Wasser und an einen windstillen Ort kam, würde sie innerhalb kürzester Zeit so unterkühlen, dass sie Hawk keine Hilfe mehr war.

Also kämpfte sie sich schlotternd Sprosse für Sprosse empor, bis sie vorsichtig auf das Deck des Schiffs lugen konnte. Glücklicherweise befand sich die Leiter am Bug und die Verladeaktivitäten fanden am Heck des Schiffs statt.

Niemand schien in ihrer Nähe zu sein und den Winkel des Schiffs zu überwachen, an dem sie sich aus den eisigen Fluten gerettet hatte.

Ihr Blick glitt suchend, ja fieberhaft hin und her auf der Suche nach einer kurzfristigen Zuflucht.

Die Aufschrift „Maschinenraum“ auf einer schmalen Eisentür war hoffentlich die Rettung; natürlich nur, wenn sie nicht abgesperrt war.

Sie packte den schweren Eisenriegel und drückte ihn mit aller Kraft nach oben, als die Tür tatsächlich mit einem dumpfen Geräusch wenige Zentimeter aufsprang, hätte sie am liebsten vor Freude geweint.

Schnell schob sie sie auf, warf einen flüchtigen Blick ins Halbdunkel dahinter und huschte hinein.

Wärme schlug ihr entgegen, während sie schlotternd die Tür verriegelte und dabei eine große Wasserpfütze hinterließ.

Sie schlich sich zu einer schmalen Eisentreppe, ihre Schuhe quietschten bei jedem Schritt und ihre Zähne schlugen so hart aufeinander, dass sie sicher war, alle im Umkreis von zwanzig Metern könnten es hören.

Glücklicherweise schien jedoch niemand im Umkreis von zwanzig Metern zu sein, denn sie konnte sich ungehindert an einigen Schaltschränken vorbeischleichen und dorthin streben, wo es am wärmsten war.

Ein eisernes Ungetüm mit Schläuchen und Ventilen, beinah mannshoch, das den penetranten Geruch von Diesel und Schmieröl verströmte, zog sie magisch an. Sie verkroch sich dahinter und sank in sich zusammen.

Sie musste die völlig durchnässte Jacke loswerden, damit sie in der Wärme ein wenig trocknete.

Also riss sie sich die dunkle Winterjacke vom Leib, zog sich kurzerhand das Shirt über den Kopf und wrang es aus. Dann zog sie es schlotternd wieder über. Ihre Arme waren blau verfärbt und sie zitterte so sehr, dass sie zwei Versuche brauchte, um ihren Kopf durch die dafür vorgesehene Öffnung ihres Kleidungsstücks zu schieben.

Angeblich trockneten nasse Kleider am Körper ja am besten. Ob das auch für Körper galt, die weniger als 33°

Körpertemperatur hatten, war die Frage.

Da niemand kam, verfuhr sie mit ihrer Hose genauso, zog sie wieder über und lehnte sich so gut es ging an die schweren Stahlplatten, die wohlige Wärme verströmten.

Dann schlüpfte sie wieder in ihre nassen Schuhe und hob den Blick.

Das Zittern in ihrem Körper wurde allmählich etwas gleichmäßiger und ihre Fingerspitzen waren nicht mehr veilchenblau.

Plötzlich war ein metallisches Schaben zu hören, dann ein blechernes Hämmern und dann mit einem Mal sprangen die Maschinen, an denen sie sich gewärmt hatte, mit so unfassbarem Krach an, dass sie sich unwillkürlich die Hände auf die Ohren presste. Sie stolperte von ihrer kurzfristigen Wärmequelle zurück und platzierte sich so an der Wand, dass niemand, der durch die Tür kam, sie sehen konnte; jedenfalls nicht sofort.

Sie zog den Stick aus ihrer völlig durchweichten Jacke und hoffte, dass er trotzdem noch funktionierte, dann steckte sie ihn ein und mit dem Messer tat sie dasselbe.

Als sie darüber nachdachte, dass sie auf einem Schiff war, auf dem sich praktisch ausschließlich Menschen aufhielten, die sie töten wollten, und Hawk vermutlich in einem schwer bewachten Isolationscontainer gefangen war, unfähig sich zu bewegen und vielleicht sogar nicht einmal bei Bewusstsein, da wurde ihr schon sehr flau im Magen.

Plötzlich bewegte sich der Metallriegel der Tür und wurde schließlich geräuschvoll nach oben gedrückt.

Die Tür wurde lautstark gegen die Wand geworfen und jemand kam mit polternden Schritten die Treppe herunter.

Shelley quetschte sich in die hinterste Ecke des Raumes und beobachtete mit weit aufgerissenen Augen, wie ein breitschultriger Kerl in ölverschmiertem Overall die Treppe herunterkam und zu einer der Maschinen eilte.

Im Mundwinkel hatte er eine krumme Zigarette und sein braunes Haar war strähnig.

„Verdammte Drecksmaschine", brüllte er über den Lärm des Motors hinweg und trat völlig sinnlos, aber dennoch voller Zorn gegen eine der Metallseiten.

Dann bückte er sich zwischen zwei der dicken Schläuche hindurch und zog ein öliges Tuch aus der Seitentasche, mit dem er irgendetwas wegwischte.

Shelleys Blick verfing sich an dem Schlüsselbund, den er am Gürtel trug, und dem Handy, das danebenhing.

Die Erkenntnis, dass dieser Kerl der Schlüssel zu Hawks Rettung sein konnte, traf sie wie ein Blitzschlag. Unwillkürlich sah sie hinab auf das Messer an ihrem Gürtel. Doch einen unschuldigen Menschen zu töten …

Neben ihr stand ein überdimensionaler Schraubenschlüssel, der zweifellos für die Wartung der Maschinen gebraucht wurde.

Möglichst geräuschlos trat sie aus ihrer Ecke und packte den schweren Schraubenschlüssel. Dann schlich sie mit pochendem Herzen und leisen Schritten um die Maschine herum.

Sie wusste, sie dürfte nicht zögern. Nicht einen Moment lang. Sie umrundete die Maschine und als der Mann den Blick hob, schlug sie zu.

Der Schraubenschlüssel sauste auf seinen Nacken herab und der Mann brach mit einem Ächzen bewusstlos zusammen.

Shelley wartete noch einen Augenblick, für den Fall, dass er doch plötzlich wieder auf die Beine kam. Doch als das nicht geschah, kletterte sie zu ihm, löste Schlüsselbund und Telefon von seinem Gürtel und eilte zurück in ihre Deckung, um die Beute zu inspizieren.

Sie hatte beim besten Willen keine Ahnung, wozu die Schlüssel passen konnten. Als sie das Handy aufklappte, hatte sie kein Signal. Sie musste sicher aus dieser eisernen Kammer heraus, bevor sie damit irgendetwas erreichen konnte.

Trotzdem tippte sie eine kurze SMS: „Bin auf dem Schiff, bereits abgelegt, suche Hawk".

Dann tippte sie Revenges Nummer ein, die sie sich gut eingeprägt hatte, und eilte die Treppe hinauf.

Die Tür stand noch immer leicht offen und der schnelle Blick hinaus zeigte, dass die Luft noch rein war.

Also hielt Shelley die Hand ins Freie und drückte auf *Senden.*

Dann steckte sie das Telefon weg und nahm ihr Messer wieder in die Hand.

Der Container war kaum zehn Schritte entfernt mit schweren Ketten auf Deck fixiert. Zwei Wachmänner standen vor dem Eingang.

Es war absolut unmöglich, dort hineinzukommen.

„Und wenn wir dort sind, will ich sofort einen OP. Wir setzen ihm die Chips ein, die wir entwickelt haben, und sehen zu, ob sie bei ihm so wirken, wie bei dem anderen Produkt!"

Blakes Stimme ließ Shelley das Blut in den Adern gefrieren. Sie zog den Kopf zurück und schob die Tür so weit zu, dass sie Blake, der vom Container in ihre Richtung ging, dabei beobachten konnte.

Leider war neben ihm der Wachmann, den sie nur zu gut kannte; selbst sein Name war ihr im Gedächtnis geblieben: Armand.

Er war ein Alpha-Helix und einer der drei gewesen, die ihr in der finsteren Gasse aufgelauert hatten.

Es war völliger Wahnsinn, sich Blake zu nähern, wenn dieses Monstrum ihn begleitete, und doch … - sie warf einen Blick auf die Klinge in ihrer Hand - … war es die einzige Möglichkeit.

Und so gab es Augenblicke, wo man gut daran tat, auf seine Vernunft zu hören, und es gab solche Momente im Leben, da zählte der Instinkt und sonst nichts!

Und es war eine rein instinktive Entscheidung, wann Shelley die Tür aufriss und auf Blake zustürzte, ihn mit einem langen Schritt erreichte und ihm von hinten das Messer an die Kehle presste, tatsächlich bevor Armand sie davon abhalten kann.

Sie machte einen Schritt mit Blake zurück, der in ihren Armen steif mit ihr rückwärts stolperte, und erwiderte Armands brennenden Blick ohne Angst.

„Eine Bewegung von Ihrem Schoßhund, Blake, und es ist aus!“ Zur Verdeutlichung ihrer Worte presste sie die Klinge fest genug gegen Blakes unrasierte Kehle, dass Blut aus dem Schnitt sickerte, den sie damit verursachte.

Armands Nüstern blähten sich und ein zorniger Ausdruck trat auf sein Gesicht, das ihm alles Menschliche raubte.

Er knurrte; knurrte tatsächlich und als seine Lippen dabei in die Höhe zuckten, erkannte sie spitze Reißzähne, wie an Caleb.

„Sie sollten Ihm sagen, dass er sich zusammenreißen muss!“ Sie presste ihr Messer noch etwas fester gegen

Blakes Haut, bis dieser endlich aus seiner ungläubigen Starre erwachte und beide Hände in die Luft riss.

„Armand! Nicht!" Blakes Adamsapfel vibrierte an Shelleys Messer und sie konnte den scharfen Geruch seines Angstschweißes förmlich riechen. „Was wollen Sie?"

Die Frage war wohl an Shelley gerichtet und sie beantwortete sie ihm nur zu gerne.

„Ich will Hawk!"

Ein grimmiges Lachen brodelte in seiner Kehle. „Das Produkt ist tot!"

„Bullshit!", zischte sie und zog ihn noch einen Schritt zurück, weg von Armand. „Ich weiß, dass er lebt! Ich fühle es! – Genauso wie *er* es fühlen würde!"

Shelley nickte zu Armand empor, der sie wie versteinert anblickte. Sie erinnerte sich sehr wohl, dass er sie berührt hatte, um festzustellen, ob sie Hawk kannte und mochte. Er war ein Alpha-Helix-Träger. Woher zum Teufel konnte man schon wissen, wozu er sonst noch imstande war!

„Wissen Sie, was mich ankotzt, Blake?", zischte sie an sein Ohr und ließ einem Teil der Wut, die in ihr brodelte, die Zügel schießen. „Fette, reiche, alte, weiße Säcke wie Sie, die glauben, mit einem farbigen Mädchen aus Brooklyns finsterster Ecke lässt sich ein Spielchen spielen." Noch ein Schritt rückwärts, noch ein Blick zu Armand. „Ich sag Ihnen jetzt, wie es läuft Blake. Zuerst einmal sagen Sie Bello hier, dass er sich verziehen soll. Und zwar nachhaltig und dauerhaft."

„Wie soll das gehen?"

„Ganz einfach. Er wassert eines der Rettungsboote und paddelt frohen Mutes nach Nova Scotia. Es ist nicht weit und als das, was auch immer er ist, wird er keine Kraftprobleme bekommen. – Um sicher zu gehen, dass er nicht irgendwo einen tückischen Bogen schlägt, nimmt er eine Lampe mit und befestigt diese gut sichtbar an seinem Heck, so dass ich sehen kann, dass die Richtung stimmt und das auch weiterhin tut."

Shelley hatte keinerlei übersinnliche Wahrnehmung, trotzdem kochte Armand so sehr vor Wut, dass es ein Kribbeln unter ihrer Haut verursachte.

„Na, wird's bald!" rief sie über das Dröhnen der Motoren hinweg.

Blake in ihrem Klammergriff nickte beschwerlich. „Tu, was sie sagt, Armand. Fahr nach Hause."

Armands Blick zuckte zu seinem Auftraggeber, oder als was auch immer man Blake in diesem wohl einzigartigen Zusammenspiel bezeichnen mochte.

„Sir?"

„Nach Hause, Armand." Und dann nochmals eindringlich. „Nach Hause."

Schließlich ein knappes Nicken. „Natürlich, Sir."

Und tatsächlich drehte sich der furchteinflößende Hüne herum klinkte eines der Rettungsboote aus, griff sich eine Sturmlampe und sprang hinab, um geschmeidig im Boot zu landen.

Shelley beobachtete, wie er tatsächlich mit kraftvollen Ruderschlägen mehr und mehr Abstand zum Schiff gewann, das in südlicher Richtung weiterfuhr, während Armand in Richtung Westen ruderte.

„Haben Sie noch mehr von der Sorte an Bord?", wollte Shelley wissen.

Blake stieß ein giftiges Lachen aus. „Denkst du, die wachsen auf den Bäumen?"

„Glücklicherweise nicht! – Und jetzt zu Hawk. Lassen Sie ihn laufen!“

„Das ist nicht so einfach!“

„Verarschen Sie mich nicht!“

„Verdammt nochmal, er ist in der Isolation und sediert. Die Sedierung wirkt, bis wir in New York anlegen.“

„Dann wecken Sie ihn auf!“

„Das kann ich nicht. Jedenfalls nicht, ohne einen Schock zu riskieren. In seinem Zustand wäre von einem epileptischen Anfall bis hin zu Multiorganversagen alles möglich.“

Shelley schwieg für einen Moment. Wie zum Teufel sollte sie wissen, ob Blake das Blaue vom Himmel herunterlog, um sie in eine Falle zu locken, oder ob es womöglich stimmte, was er sagte.

„Bringen Sie mich zu ihm!“

„Das geht nicht so einf -“

„Bringen Sie mich, verdammt nochmal, zu ihm!“ Shelley presste die Klinge noch fester in das weiche Fleisch, bis Blake wieder die Hände hob.

„Okay, okay!“

„Und erliegen Sie ja nicht dem Irrtum, dass ich zögere! - Eine falsche Bewegung, ein falsches Zwinkern oder ein Fingerzeig an die Wachen, dass sie mir in die Quere kommen sollen, und das war es mit ihrer Schlagader.“

Shelley schob sich mit Blake im festen Klammergriff vorwärts in Richtung Container. Sofort, als die Wachmänner ihn erblickten, zuckten ihre Hände zu den Waffen.

„Finger weg!“, rief Shelley.

„Tut, was sie sagt“, bestätigte Blake und schluckte hörbar. „Die Tür öffnen.“

„Vorher bitte noch die Waffen über Bord werfen!“

Die Männer zögerten und blickten wiederum Blake an.

„Tut es!"

Ohne Shelley aus den Augen zu lassen, legten die Männer die Gewehre ab und schleuderten sie dann ins Wasser.

„Die anderen Waffen auch!", verlangte sie auf gut Glück, woraufhin tatsächlich beide Männer noch eine Handfeuerwaffe hervorzauberten und ins Meer beförderten.

„Und jetzt den Code eingeben, die Tür öffnen und ein Rettungsboot wassern! Einsteigen, nach Westen paddeln und uns zuwinken."

Die Mienen der Wachen schwankten irgendwo zwischen Fassungslosigkeit und grimmiger Wut. Trotzdem leisteten sie Shelleys Aufforderung Folge. Auch sie bekamen eine Lampe mit an Bord und ruderten wie angewiesen Richtung Nova Scotia. Die See war ruhig und es bestand keine Gefahr für sie, solange Shelley die Möglichkeit haben würde, die Küstenwache zu informieren, nachdem sie Hawk hoffentlich befreit hatte.

Mit pochendem Herzen blickte sie auf die halb offenstehende Tür des Containers und schob Blake in die Richtung.

In welchem Zustand Hawk wohl war, fragte sie sich, und ermahnte sich gleichzeitig fokussiert zu bleiben. Mit dem Bein schob sie die Tür ein wenig auf und blickte in einen weißen Raum mit kaltem Licht. Eigentlich war es gar kein richtiger Raum, denn nach einem Meter kam schon wieder eine Tür.

„Das ist die Schleuse", erklärte Blake. „Ich rate Ihnen, die Tür hinter uns zu schließen."

„Entkommt Ihr *Produkt* sonst?", fragte sie zynisch, woraufhin er nicht antwortete.

Die nächste Tür war ebenfalls mit einem Code gesichert. Shelley schob Blake vorwärts.

„Los, eingeben!“

Er streckte die zitternden Finger aus und gab mehrere Zahlen ein. Doch anstatt dass die nächste Tür aufsprang, wechselte die Beleuchtung von weiß auf Rot. Ein Warnton war zu hören, so ohrenbetäubend, dass Shelley zusammenzuckte.

„Was -?“

Doch da traf sie schon ein so harter Schlag in die Magengrube, dass sie vor Schmerz auf die Knie sank. Sie versuchte, einzuatmen, doch es gelang ihr nicht. Als sie den Blick hob, stand Blake über ihr und bedrohte sie mit dem Messer, das er ihr aus der Hand gewunden hatte.

„Denk nicht einmal daran“, drohte er und war so schnell durch die Tür nach draußen verschwunden, dass Shelley nicht reagieren konnte.

Kurz bevor ihr schwarz vor Augen wurde, gelang es ihr wieder, einzuatmen. Sie drehte sich auf den Rücken und versuchte, ihre Atemzüge zu kontrollieren, da plötzlich öffnete sich ein Ventil in der Wand.

Zuerst dachte Shelley, dass irgendetwas in die Schleuse strömte, doch als sie das Gefühl hatte, die Luft wurde dünner und dünner, begriff sie, dass dem kleinen Raum offenbar Sauerstoff entzogen wurde.

Nach Luft schnappend drehte sie sich auf alle Viere herum und kroch zum Bedienfeld für den Code. Zuerst tippte sie völlig wahllos auf den Zahlen herum, dann fiel ihr ein, dass sie noch immer den zweiten Stick in der Tasche hatte. Mit bebenden Fingern, zog sie ihn heraus und steckte ihn ein. Dann sank sie mit dem Rücken gegen die zweite Tür und versuchte ruhig zu atmen; doch wie ruhig konnte man schon atmen, wenn einem die Luft ausging.

Shelley schloss die Augen, ihr Herz raste und die Todesangst war ein unbarmherziges Pochen in ihrem Brustkorb. Verdammt nochmal, war das richtig? Dass sie so starb? Erstickt, keine fünf Meter entfernt von Hawk, den sie hatte retten wollen, während sein skrupelloser Schöpfer draußen in aller Ruhe abwartete, bis für sie beide alles zu spät war?

Sie wagte noch einen Blick empor, wo das rote Lämpchen des USB-Sticks leuchtete. Aber was hatte Hawk gesagt? Bei so komplizierten Kombinationen konnte es Stunden dauern, bis das Programm sie entschlüsseln konnte; falls es das überhaupt schaffte.

Sie sank in sich zusammen. Ihr Kopf fiel kraftlos zurück und plötzlich fehlte ihr die Kraft, die Lider zu heben. Ihr Brustkorb hob und senkte sich in wilden Atemzügen, die von Sekunde zu Sekunde sinnloser wurden, bis sich ihr Sichtfeld mehr und mehr einschränkte und die Schwärze wie eine ewige Dämmerung über sie zog.

Dann plötzlich ein schriller Ton. Sie fiel zurück und noch ehe sie begriff, was geschah, reagierte ihr Körper. Ihre Lungen dehnten sich in einem lebensrettenden Atemzug und Shelleys Bewusstsein kehrte zurück, nur einen Sekundenbruchteil, bevor sie es für immer verloren hätte.

So schnell wie möglich kam sie auf die Beine und blinzelte, um einen klaren Blick zu bekommen. Schnell zog sie den Stick aus dem Codeboard und die Tür hinter sich zu, damit ihr Blake nicht unbemerkt folgen konnte.

Sie war in einem kleinen Raum. Links von ihr waren mehrere Schränke, auf denen glänzendes Operationsbesteck bereitlag, daneben ein Ultraschallgerät und etwas, das wie ein Defibrillator aussah.

Vor ihr lag eine weitere verschlossene Tür und rechts von ihr …

„Oh, großer Gott!“

Hawk lag hinter einer Glastür auf einem Tisch. Er war bewusstlos. Seine Flügel hingen auf beiden Seiten des Tisches herab, mittelgroß, irgendwo zwischen menschlichster und transformierter Form gefangen. Ein Schlauch steckte in seiner Armbeuge, der wiederum zu einem Infusionsbeutel führte, deren Durchlaufgeschwindigkeit mit einem kleinen quadratischen Gerät gesteuert wurde. Das musste die Sedierung sein, von der Blake gesprochen hatte.

Shelley öffnete die Glastür und trat zu Hawk. Ein leises Surren war zu hören, als würde die Luft gefiltert. Mit bebenden Fingern berührte sie seine Hand. Sie war überraschend warm.

Wieder verfing sich ihr Blick an der Infusion. Wenn Blake nun auch mit den Gefahren rechtgehabt hatte, die Hawk drohten, wenn man ihn aufweckte, was war dann?

Sie schluckte und sah zu seiner Schulter empor. Der Durchschuss war offenbar gereinigt, aber nicht verbunden worden. Trotzdem wirkte er, als wäre er schon dabei, zu verheilen.

Die Wunden in den Flügeln konnte sie nicht sehen, nur dass einige der Federn blutverkrustet waren.

Shelleys Hand glitt empor zu Hawks Armbeuge. Sie presste einen Finger auf seine Vene und spürte die harte, aber bewegliche Braunüle darin.

Nach kurzem Zögern fasste sie sich ein Herz und stellte die Infusion ab. Ihr Blick fiel auf die Nadel. Wie zum Teufel, sollte sie das Ding herausziehen?

Plötzlich schoss ein stechender Schmerz in ihren Arm, so intensiv, dass sie vor regelrecht aufheulte.

Als sie herumwirbelte, stand Blake hinter ihr und hielt ein blutbesudeltes Skalpell in die Höhe.

Er stach noch einmal zu und Shelley konnte sich im letzten Moment wegducken, bevor die Klinge ihre Kehle traf.

Sie robbte auf dem Hintern zurück, bis sie gegen das Glas stieß. Blake kam auf sie zu mit der Klinge und einem irren Leuchten in den Augen.

„Niemand stellt sich zwischen meine Schöpfung und mich“, brachte er mit zusammengebissenen Zähnen hervor. „Und jeder, der sich gegen mich wendet, wird es bitterlich bereuen.“

„Sie krankes Arschloch!“, rief Shelley und spürte, wie ein warmes Rinnsal Blut über ihren Rücken bis in ihren Hosenbund lief.

„Ich bin alles andere als das. Ich bin ein Visionär. Ich habe gesehen, wozu mein Produkt und seinesgleichen in der Lage sind. Ich habe erkannt, dass ich alles erreichen kann, wenn sie tun, was ich sage!“

„Warum sollten sie das? Warum sollte das irgendwer tun?“

„Oh, ich habe meine Mittel, Mädchen. Niemand widersetzt sich meiner Kontrolle, ohne dafür zu bezahlen. – So wie du bezahlen wirst!“

Mit einer zornigen Bewegung riss er den Arm in die Höhe. Shelley war in ihrer Ecke gefangen. Ihr linker Arm schmerzte von dem tiefen Stich und so blieb ihr nichts weiter, als die Rechte in die Höhe zu reißen, um den Stoß abzuwehren.

Doch bevor sie dazu kam, schnellte Hawk in die Höhe und stieß Blake mit einem wilden Flügelschlag gegen die Scheibe.

Dann strauchelte er und fiel vom Tisch auf alle Viere. Seine Flügel verkeilten sich und er war noch zu benommen, um wieder auf die Beine zu kommen.

Er war wie eine lebende Barriere zwischen Shelley und Blake, der herumwirbelte und versuchte das Skalpell zu greifen, das ihm im hohen Bogen aus der Hand geflogen war.

„Hawk, pass auf!”, rief Shelley.

Er wirbelte herum, stieß Blake aus der Tür und brach dann wieder zusammen.

Mit einem großen Schritt war sie bei ihm, umschloss ihn mit ihren Armen und gab sich für einen Augenblick dem glücklichsten Gedanken hin, dass sie ihn doch nicht verloren hatte.

„Knall mir eine!“

Sie stockte. „Was?“

„Ohrfeigen! Damit ich wach werde!“

Während Blake zurück zur Tür des Containers taumelte und nach seinen verbliebenen Wachen brüllte, gab Shelley Hawk einen Klaps auf die Wange.

„Fester!“

Sie startete noch einen Versuch. Da packte er ihr Handgelenk und starrte ihr in die Augen; zumindest versuchte er es, denn sein Blick trieb immer wieder ab, als könnte er sich an nichts festhalten.

„Fester!“, verlangte er eindringlich. „Hilf mir!“

Shelley nickte nervös, während draußen Stimmen laut wurden.

Vermutlich war es der Umstand, wie außergewöhnlich wichtig es war, dass Hawk wach wurde.

Sie ballte die Faust und schlug ihm ins Gesicht.

Sein Kopf flog zur Seite und seine Miene verzerrte sich vor grimmiger Wut. Als er ihre Handgelenke packte, wirkte er für einen Augenblick, als wüsste er nicht, wer sie war. Doch dann … klärte sich sein Blick; und wirkte sehr viel wacher.

Er nickte und bewegte seinen Unterkiefer. „Danke."

„Kein Ding."

„Du blutest."

„Ich weiß."

„Wo ist Caleb?"

„Auf dem Boot."

Hawk zog die Brauen zusammen. „Soll das heißen, du bist allein auf dem Schiff?"

Shelley nickte wieder.

„Bist du denn verrückt?"

„Vermutlich." Sie packte das Skalpell, das Blake hatte fallenlassen und Hawk zog die Infusion aus seinem Arm, beugte ihn, um den Blutfluss zu stoppen.

„Weißt du, wie viele Wachen das sind?"

„Nein, aber drei von ihnen sind weg, inklusive des Alpha-Helix."

Er hob eine Braue, allmählich kehrte mehr Leben in seinen Blick zurück. „Weg?"

„Ich hab' sie in ein Boot gesetzt und nach Nova Scotia rudern lassen."

Er strahlte für einen Augenblick. „Du warst zu lange mit Caleb zusammen!"

Als plötzlich die äußere Tür des Containers aufflog, zuckte sie zusammen.

„Noch nicht lange genug, fürchte ich!"

Hawk wollte nach vorne stürmen, doch Shelley hielt ihn noch einmal fest. „Vergiss nicht, dass du Blake nicht töten kannst!"

Er nickte verbissen. „Weißt du, ob das andere Produkt hinter der Tür da ist?"

„Keine Ahnung, warum?"

„Ich frage mich, ob er uns helfen könnte."

„Genauso wahrscheinlich, wie er auch in der Lage sein könnte, uns zu töten."

Hawk nickte knapp. „Du hast recht."

Zwei Wachmänner stürmten herein und er wirbelte herum. Vor weniger als drei Minuten war er kaum bei Bewusstsein gewesen, und jetzt bewegte er sich mit solcher Geschwindigkeit, dass sie ihm kaum folgen konnte.

Sein kraftvoller Flügelschlag brachte die beiden Männer für einen Sekundenbruchteil aus dem Konzept, lenkte ihre Waffen in eine Richtung und sorgte so dafür, dass er ihnen die Gewehre aus den Händen reißen konnte, noch ehe sie in der Lage waren, zu reagieren.

Den einen von ihnen streckte er mit einem harten Faustschlag nieder, der zweite zog ein Messer und stach auf Hawk ein.

Im letzten Moment schaffte er es, auszuweichen, ließ sich auf die Knie fallen, packte den Mann mit seinen Krallen, bohrte sie tief in seinen Brustkorb und riss ihn zu Boden. Blut quoll aus den tiefen Wunden, die er ihm geschlagen hatte, doch noch immer kämpfte er gegen Hawk an.

Als Shelley eine neue Klinge im grellen Licht aufblitzen sah, reagierte sie instinktiv. Sie stürzte nach vorne, packte den Kopf des Wachmanns und schlug ihn so hart auf den

Boden, dass das Messer aus seiner Hand glitt.

Sie wandte sich ab und hörte ein Geräusch, das ihr durch Mark und Bein ging. Ein paar letzte, röchelnde Atemzüge, dann war der Wachmann tot.

Hawk packte sie am Arm und zog sie auf die Beine, weg von ihm, aus dem Container heraus, da kam ihnen schon der nächste von Blakes Söldnern entgegen.

Er feuerte einen Schuss ab, noch ehe Hawk reagieren konnte, verfehlte nur knapp seinen Brustkorb. Dann wirbelte Hawk mit einer wilden Bewegung herum und noch ehe Shelley begriff, was wirklich geschehen war, war der Angreifer tot.

„Wo ist Blake?“, fragte Hawk, mehr sich selbst als Shelley. „Verdammt, wo kann er sein?“

„Er ist nicht mehr auf dem Schiff.“

Hawk stockte und blickte Shelley fragend an. „Woher weißt du das?“

Sie zeigte auf die Steuerbordseite, wo die Rettungsboote befestigt waren.

„Das dritte Boot mit dem Außenbordmotor fehlt. Armand und den beiden Wachen vor dem Container hab ich jeweils das Boot mit den Paddeln gegeben, um zu verhindern, dass sie doch wieder zurückkommen. – Das dritte Boot …“ Sie hob den Blick. „… hat Blake.“

Hawks nachtschwarze Augen schienen sich sogar noch mehr zu verdüstern und seine Nasenflügel blähten sich in einem tiefen Atemzug.

„Er darf nicht entwischen“, sagte er dann, so leise, dass seine Stimme fast im Rauschen der Wogen und Hämmern des Schiffsmotors unterging.

„Und was willst du mit ihm tun, wenn du ihn hast? – Du kannst ihn doch nicht töten, sagt Caleb!“

„Aber ich bin nicht wie er! In so vielem nicht. – Vielleicht ist es auch in diesem Fall so. Vielleicht kann ich … all dem ein Ende setzen und den Mann, der meine Mutter auf dem Gewissen hat, endlich dafür bezahlen lassen, was er ihr und mir angetan hat!“

So viel Schmerz, so viel Dringlichkeit stand in seinem Blick, dass Shelley nicht anders konnte, als zu nicken. Sie verstand ihn; aus tiefstem Herzen und ganz sicher nicht nur, weil sie ihn liebte. Blake hatte ihm fast alles genommen und dafür gesorgt, dass die ersten 20 Jahre von Hawks Leben nichts Anderes, als eine ewige von Todesangst begleitete Flucht waren. Er wollte damit ein für alle Mal abschließen und gleichzeitig dafür sorgen, dass Blake niemandem mehr antun konnte, was er ihm angetan hatte.

„Aber bitte“, flehte sie. „Versprich mir, dass du auf dich aufpasst. Ich dachte schon einmal, ich hätte dich verloren und das … halte ich einfach nicht aus.“

Die letzten Worte waren kaum mehr als ein Hauchen. Hawk zog sie in seine Arme. Und als sich ihr eiskalter Körper gegen seinen presste, der nichts als Wärme und Liebe für sie ausstrahlte, hätte sie beinah laut aufgeschluchzt. Sie fragte sich, wie er sich so bewegen konnte, nachdem er angeschossen worden war.

Als sie sich voneinander lösten und ihr Blick auf seine Schulter fiel, war die Wunde bereits von einer dünnen Membran bedeckt und die Ränder kaum noch gerötet.

„Ich heile ziemlich schnell“, erklärte Hawk und Shelley nickte.

„Gott sei Dank.“ Dann trat sie einen Schritt zurück. „Also -“

„Warte!“

Sie stockte.

„Ich spüre noch drei Menschen an Bord, und auch wenn keiner davon Blake ist, kann ich dich doch nicht hier auf dem Schiff lassen. Und wir müssen den Container verschließen, falls Blakes Schöpfung auf ihn programmiert ist und auf irgendeine Weise entkommt -“

Shelley zog das Handy aus der Tasche und unterbrach Hawk damit wirkungsvoll. „Ich habe Revenge geschrieben, dass ich auf dem Boot bin. Ich rufe sie an und sage ihr und Caleb, sie sollen mich abholen.“

„Und in der Zwischenzeit?“

Sie schnaufte. „Hör mal, ich kann auf mich aufpassen!“ Sie hob demonstrativ das Sturmgewehr in die Höhe, das zwar um ihren Hals hing, das sie aber auf gar keinen Fall gedachte zu benutzen. „Ich rufe Revenge an, sie sagt mir wann sie hier sein können, und du fliegst los und findest Blake. Ein für alle Mal.“

„Okay, ruf sie an.“

Shelley zog das Handy des Maschinisten aus der Tasche und fand darauf acht SMS, zweifellos alle von Revenge. Sie ignorierte sie und wählte ihre Nummer.

„Was verdammt nochmal hast du dir dabei gedacht?“, war die Begrüßung.

Shelley deutete ein Kopfschütteln an. „Ich habe Hawk“, erklärte sie knapp. „Blake ist auf der Flucht, wann könnt ihr hier sein?“

„Wir haben euch auf dem Radar. – Caleb meint, mit dem Boot sind wir in zehn Minuten bei euch.“

„Wie geht es ihm?“

„Schon viel besser. – Er heilt ja wenigstens sehr schnell.“

„Okay, dann sehen wir uns gleich?“

„Wir sind unterwegs.“

Shelley legte auf und Hawk nickte in Richtung Bug. „Der

Kapitän hat entweder von dem ganzen Spektakel nichts mitbekommen oder er hat sich vor Angst auf der Brücke verbarrikadiert."

„Den Maschinisten habe ich bewusstlos geschlagen", erklärte Shelley und nickte in Richtung Maschinenraum-Tür.

Hawk zog die Brauen zusammen. „Wann bist du denn zu *Demolition Woman* mutiert?"

„Als du dich von diesem Wahnsinnigen schier hast umbringen lassen."

„Ich habe vor, dafür zu sorgen, dass er das nie wieder versuchen kann."

Shelley atmete tief ein. Wenn sie daran dachte, dass Hawk gleich noch einmal diesen Blake –

Als er sie bei den Schultern nahm, hob sie den Blick.

„Ich passe auf, ich schwöre es dir!"

„Das hast du das letzte Mal auch gesagt."

„Aber diesmal hat er niemanden, der die Drecksarbeit für ihn macht. Er ist allein. Und ich werde ihn zur Strecke bringen."

„Hawk, bitte -"

„Sie kommen. Revenge und Caleb, ich spüre ihren Puls. Sie sind in weniger als zwei Minuten bei dir. – Ich muss los. Ich darf keine Zeit verlieren."

Shelley wollte noch einen weiteren Einwand stammeln; irgendetwas, das ihn davon abhalten würde, Blake zu verfolgen. Doch da schlug er mit den Flügeln und erhob sich über die Reling.

Eine Sekunde später war er in der Nacht verschwunden.

Immerhin hatte er recht. Es dauerte keine Minute, da kam das Boot in Sicht, das wenige Augenblicke später längsseits weiterfuhr.

„Was hast du dir dabei gedacht?", brüllte Caleb herüber.

Shelley schluckte und blickte zu Revenge hinüber.

„Geht ihm ja schon viel besser!"

„Wo ist Hawk?"

„Blake ist mit dem Motorboot geflohen. Er … ist ihm nach!"

„Was?" Calebs Gestalt war völlig transformiert und Shelley war auf einmal sehr froh, dass sie auf zwei verschiedenen Meeresfahrzeugen waren. „Ist er denn verrückt? Er kann Blake nicht ausschalten."

„Er meinte, vielleicht ginge es doch."

„Der Junge ist verrückt! Er hat gegen Blake keine Chance. Er würde sich von ihm eher zu Tode foltern lassen, als Blake zu töten. Er kann überhaupt nicht anders."

„Er meinte, er wäre nicht wie du! Er könnte es!"

„Weil er ein verdammter Idiot ist!", brüllte Caleb und Shelley gefror vor Angst das Blut in den Adern. Warum hatte sie ihn nur gehen lassen? Warum?

„Ich weiß nicht, wohin er geflogen ist", rief sie. „Ich … oh Gott, ich weiß es nicht!"

„Ich suche ihn!" Caleb sah zu Revenge hinab. „Ich brauche das Boot. Soll ich dich rüberwerfen oder …?"

„Untersteh dich!" Sie nickte zu Shelley. „Bring mich so nah wie möglich ran."

Er stellte sich ans Steuerrad und brachte das Boot so nah an das Schiff, dass kaum noch zwei Meter Abstand dazwischen waren.

Revenge kletterte über die Reling, schluckte sichtbar und sprang.

Als Revenges Hände die Schiffsreling zu fassen bekamen, packte Shelley ihre Handgelenke und zog sie mit einer kraftvollen Bewegung zu sich an Deck.

Atemlos rappelte sich Revenge auf die Knie und schüttelte den Kopf. „Solche Stunts … sind nichts für mich!"

Dann sah sie zu Caleb hinüber und hielt den Daumen hoch. Er zögerte keine Sekunde und fuhr davon.

Hawk

Es dauerte nicht lange, da spürte Hawk Blakes Herzschlag.

Es war ein Rasen, atemlos und panisch. Seine grimmige Wut pumpte mit jedem Pulsschlag durch seinen ganzen Körper.

Wenn es nach Hawk gegangen wäre, dann hätte Blake leiden müssen, lange und mehr, als er es sich vorstellen konnte.

Die Bilder vom Tod seiner Mutter zuckten schmerzvoll durch seine Gedanken und brennender Zorn kochte in ihm empor, während er so hoch über dem kleinen Motorboot kreiste, dass Blake nicht einmal etwas von seiner Gegenwart ahnte.

Doch als die qualvollen Bilder seiner Vergangenheit von Shelleys Gesicht in den Hintergrund gedrängt wurden, wusste er, dass er keine Zeit hatte. Er musste zurück und sie beruhigen, wollte sie in die Arme schließen und ihr versichern, dass die Gefahr ein für alle Mal gebannt war.

Doch bevor er das konnte, gab es etwas zu erledigen.

Hawk flog eine Wendung und peilte mit seinen Falkenaugen das Boot an und Blakes Schultern, die er gleich mit seinen Krallen durchbohren würde, um ihn mit sich in die Höhe zu nehmen.

Dann legte er die Flügel an und stieß im Sinkflug hinab auf das Boot.

Blake schien nicht zu ahnen, dass er in weniger als einer Minute als Treibgut in der eisigen See enden würde.

Hawk schlug mit den Flügeln, kurz bevor er ihn erreichte, um sich selbst zu drehen und Blake zu packen, doch genau in dem Augenblick, da er es versuchte, geschah das Unfassbare.

Er konnte es nicht; verfehlte Blake, als wäre er durch einen unsichtbaren Leitstrahl von ihm abgeleitet worden und schlug so hart neben ihm in dem verdammten Motorboot auf, dass er für einen Augenblick benommen war.

Seine Flügel schmerzten und irgendwo in seinem Brustkorb knackte es, als hätte er sich eine Rippe gebrochen; oder zwei.

Mit einem grimmigen Knurren, richtete er sich auf, wurde aber sofort wieder zurückgeworfen.

Eine Klinge schnitt brennend in seinen Oberschenkel. Hawk brüllte auf und stürzte nach vorne, packte Blake, stieß ihn zurück und legte beide Hände um seine Kehle, um zuzudrücken, doch … er konnte es nicht.

Als er in Blakes Augen blickte, so voller Hass und Überheblichkeit, so bösartig, als säße er mit dem Teufel selbst in einem Boot, begriff er, dass dieser Mann tatsächlich etwas in ihm verankert hatte, das es ihm unmöglich machte, ihn zu töten.

„Du hättest mir nicht folgen sollen!“, zischte Blake und zog die Klinge aus Hawks Bein, um noch einmal zuzustechen.

Diesmal wich er ihm aus, schlug ihm mit der Faust gegen den Unterarm, woraufhin das Messer im hohen Bogen ins Wasser flog. Doch Blake lachte nur; lachte aus vollem Herzen, wie es nur Massenmörder und Wahnsinnige können; jenseits allen Verstandes.

Hawk wusste, dass er ihm körperlich um ein mindestens Zehnfaches überlegen war, doch Blake stieß ihn von sich, als wäre er ein kleines, wehrloses Kind.

Dann stürzte er sich auf ihn und schlug ihm hart ins Gesicht. Hawk presste seine Hände gegen Blakes Kehle, bis er zurückfuhr.

„Du kannst diesen Kampf nicht gewinnen!“, rief dieser, angefeuert von Wut und der grimmigen Angst vor Schmerz, denn immerhin wehren konnte sich Hawk. „Begreifst du das nicht?“

Als er ein Skalpell aus seiner Tasche zog, starrte Hawk wie versteinert darauf. „Ich könnte dich bei lebendigem Leib sezieren und es gäbe absolut nichts, das du mir entgegenzusetzen hättest bis auf Ohrfeigen und Lächerlichkeiten.“

Er vollführte eine wilde Bewegung mit dem Arm und verpasste Hawk einen langen Schnitt über die linke Wange. Als er wieder zustoßen wollte, fuhr Hawk zurück.

Verdammt, was war nur los mit ihm? Er war wie ferngesteuert und all seine Kraft war wie weggeblasen. Mit einem aufwändigen Flügelschlag versuchte er abzuheben, doch Blake packte sein Bein und stieß das Skalpell hinein, direkt ins Knie, was Hawk vor Schmerz aufbrüllen ließ.

Wieder lachte Blake. „Das macht noch mehr Spaß, als dich auf dem Tisch auseinanderzunehmen. Du hättest perfekt sein können, weißt du das? Das perfekte Wesen ohne Schwäche. Doch du bist der lächerlichen Menschlichkeit deiner Mutter aufgesessen.“

„Lassen Sie meine Mutter aus dem Spiel, Sie verdammtes Schwein!“, brüllte er unter Tränen, die seinem Schmerz genauso sehr entsprangen wie seiner Wut und Verzweiflung.

„Diesen Fehler habe ich bei meinem neuen Produkt Gott sei Dank nicht noch einmal gemacht. Der Mutter habe ich mich sofort entledigt. Und mein Produkt … wird keine solche Enttäuschung sein, wie du es bist! Und jetzt stirb, *Hawk*! Wir sehen uns bei der Obduktion wieder!“

Er holte mit dem Skalpell aus und Hawk war wie gelähmt. Keiner seiner Muskeln reagierte auf die Befehle seines Gehirns. Nur seine Augen, die die Klinge verfolgten, die Blake hoch über den Kopf erhob und dann mit aller Wucht zustieß.

Plötzlich schwankte das Boot; so sehr, dass es um ein Haar umkippte. Hawk schloss kurz die Augen. Und als er sie wieder öffnete, war Blake … verschwunden.

Sofort gehorchte ihm sein Körper wieder. Er schoss wie eine Sprungfeder in die Höhe, den Schmerz in seinem Bein ignorierend, und drehte sich im Kreis, bis er Blake im Wasser entdeckte. Caleb hatte ihn am Kragen gepackt und drückte ihn gerade ins eisige Meer, wo Blake mit wildem Rudern versuchte, sich zu befreien. Doch Caleb war nicht sein Geschöpf; er hatte keinerlei Macht über ihn.

„Du bist ein verdammter, beschissener Idiot!“, rief Caleb mit blauen Lippen und mehreren verblassenden Einschusslöchern am Oberkörper.

„Ich … konnte ihn nicht töten.“

„Ja, das habe ich doch gesagt!“

„Aber -“

„Nichts aber! Wenn ich nicht genau wüsste, dass dir deine Freundin den Arsch aufreißt, wenn wir zurückkommen, würde ich es selbst machen! – Aber zuerst ersäufen wir den Scheißkerl und bringen es hinter uns.“

Wieder fiel Hawks Blick auf Blake, dessen Ruderbewegungen unter Wasser bereits träger wurden. Als er bemerkte, wie sehr er sein Leid genoss, schrak er beinah vor sich selbst zurück.

„Nein!“, rief er dann plötzlich.

Caleb wirkte so überrascht, dass er stockte. „Nein?“

„Lass ihn leben!“

„*Was?*“

„Du sollst ihn am Leben lassen.“

„Aber er wird eine ständige Gefahr für dich sein. Immer! Dein Leben lang, wenn du ihn jetzt nicht tötest.“

Das wusste Hawk und hatte es selbst am eigenen Leib erfahren. Doch sein Entschluss stand fest.

„Wir nehmen ihn mit. Wir verhören ihn, wir quetschen alle Informationen aus ihm heraus, die wir brauchen können. Er weiß vielleicht auch etwas über die anderen. Und davon abhängig, wie es mit dem anderen Produkt aussieht, brauchen wir vielleicht auch dabei noch sein Wissen. – Falls nicht, können wir ihn immer noch töten.“

Mit einem Stöhnen ließ Caleb Blake los, der wild rudernd an die Oberfläche schoss wie ein Korken und den rettenden Sauerstoff in seine Lungen sog.

„Da darf man mal guten Gewissens wieder jemanden umbringen, und dann sowas“, beschwerte sich der Alpha-Helix und Hawk musste trotz seiner Schmerzen, der frischen Wunde und des unablässigen Zitterns in seiner Magengrube, lächeln.

„Dafür werdet ihr beza -“

Caleb knockte Blake mit einem linken Haken aus und hob den Blick zu Hawk. „*Das* darf ich ja wohl noch, oder?“

„Absolut. Gib ihn her!“ Hawk zerrte den bewusstlosen Blake an Bord. „Wir verschnüren ihn am besten.“

Caleb schoss aus dem Wasser und landete mit einem eleganten Satz im Boot, dort trat er Blake zur Seite und nickte. „Wie ein scheiß Weihnachtsgeschenk. – Und flieg jetzt ja nicht weg, wir fangen die Frauen ab. Die müssten laut meiner Berechnung in dieser Richtung sein, wenn wir ihre Route kreuzen."

Hawk zog die Stirn kraus. „Hast du etwa Physik studiert?"

„Auch", war Calebs wenig bescheidene Antwort.

*

Allerdings musste man Caleb lassen, dass er tatsächlich Recht hatte. Als sie mit dem Boot, das keine zehn Meter von Blakes kleinem Motorboot entfernt gelegen hatte, auf das Schiff trafen, schlug sein Herz höher. Als er Revenge an der Reling stehen und winken sah, hielt er es nicht mehr aus.

Mit zwei kräftigen Flügelschlägen erhob er sich und flog hinüber zu ihr.

„Wo ist Shelley?", war seine erste Frage.

Irgendetwas an Revenges Gesichtsausdruck gefiel ihm nicht. „Sie … ist im Container."

„Im Container? Warum?"

„Sie hat die Tür zu dem anderen Alpha-Helix geöffnet."

„Sie hat *was*?", rief er aus.

Revenge warf die Arme in die Luft. „Hawk, warte! Sie -"

Doch er hörte nicht, was sie sagte. Stattdessen stürmte er an ihr vorbei zum Heck des Schiffs und zur weit offenstehenden Tür des Containers. Er lief hinein und sah von Weitem, dass auch die letzte Tür geöffnet war. Nur von Shelley gab es keine Spur.

Leisen Schrittes ging er voran, blickte in jede Ecke, ob der Alpha-Helix irgendwo lauerte, denn er spürte seinen Herzschlag. Und glücklicherweise auch Shelleys.

Als er an der letzten Tür angelangte, sah er allerhand Apparaturen und eine Art Trennwand. Als er näherkam, kauerte Shelley auf dem Boden, ihm den Rücken zugewandt und absolut regungslos.

„Shelley, großer Gott“, hauchte er.

Sie schien unverletzt. Doch sie wiegte sich vor und zurück, als wäre sie massiv traumatisiert worden.

Vorsichtig trat er näher und als er nah genug war, um über ihre Schulter zu blicken, stockte ihm der Atem.

Er fiel neben Shelley auf die Knie, genau wie sie selbst es getan haben musste, als sie es entdeckt hatte.

Shelley hob den Blick und zog die Nase hoch. Ein glückliches Lächeln lag auf ihrem Gesicht, während der kleine, geflügelte Säugling in ihren Armen die Fäustchen in die Höhe reckte und das Gesicht zu einem langen Gähnen verzog.

„Es … ist ein Mädchen, Hawk.“ So viel Sanftheit lag in ihrer Stimme, so viel ungläubiges Glück. „Ein Mädchen.“

Er war fassungslos, vielleicht noch fassungsloser als Shelley es war.

Das war das Produkt, von dem Blake gesprochen hatte? Ihr Training hatte er beginnen wollen?

Es war unglaublich. Sie war noch so winzig, viel zu klein, um bereits Schaden genommen zu haben. Ein glückliches, winziges Baby.

„Darf ich … darf ich sie halten?“, fragte er, als er sich vom ersten Schock erholt hatte.

Shelley hob das kleine Mädchen an, das strahlend weiße Flügel hatte, und legte sie sanft in Hawks Arme. Ihr Köpfchen schmiegte sich warm in seine Armbeuge, die Beinchen waren angezogen und die speckigen, kleinen Fingerchen waren das niedlichste, das ihm je zu Gesicht gekommen war. Er fragte sich, ob ihre Augen auch so schwarz waren wie die seinen. Ihre Füßchen waren ganz normal menschlich, mit fünf winzigen Zehen daran.

„Gott, sie ist so klein und leicht. Sie …"

„… ist ein Wunder." Wieder rann Shelley eine Träne über die Wange, doch sie lachte glücklich.

Plötzlich kam Caleb herein und stockte am Eingang, als er offenbar versuchte, die Situation zu erfassen.

Seine Brauen hüpften überrascht in die Stirn und er kratzte sich an der Schläfe.

„Junge, Junge! - Eine Woche zusammen und schon Eltern. Rekordverdächtig!"

Hawk und Shelley wechselten einen Blick, bei dem sich gar nicht ausmachen ließ, wessen Grinsen breiter war.

Wieder fiel sein Blick auf das kleine Mädchen in seinen Armen.

„Ihre Mutter ist tot", sagte er leise, obwohl die Kleine noch nicht begriff, was er sagte. „Sie hat niemanden, wenn -"

Shelleys Hand auf ihrem Arm brachte ihn zum Verstummen und als er den Blick hob, lag in ihrem Lächeln derselbe Wunsch, den auch er hegte.

„Sie hat doch uns. - Oder nicht?", fragte sie zögerlich.

Er küsste sie über das wieder schlafende Kind hinweg und konnte sein Glück kaum fassen. Er spürte Shelleys kräftigen Herzschlag und den des kleinen Mädchens. Und schließlich seinen eigenen, sie schlugen zusammen; absolut synchron.

„Ja", sagte er und konnte es selbst noch kaum glauben. „Sie hat uns. Und ich … habe euch."

Epilog – Mary-Anne

Mary-Anne tigerte schon die ganze Nacht von einem Raum in den nächsten und wieder zurück. In ihrer Welt gab es momentan nur zwei Fixpunkte: das Telefon und die Uhr.

Es war schon nach fünf Uhr morgens, sie hatte weder von Caleb noch von einem der anderen ein Lebenszeichen erhalten und die Chancen standen gut, dass sie innerhalb der nächsten 30 Minuten den Verstand verlieren würde.

Als dann tatsächlich das Telefon klingelte, fuhr sie zusammen. Ihr Puls überschlug sich und das Blut rauschte ihr so laut in den Ohren, dass sie schon befürchtete, sie könnte niemanden am anderen Ende der Leitung verstehen.

„Hallo?", fragte sie mit bebender Stimme.

„Uns geht es allen gut!" Calebs Worte ließen sie unvermittelt aufschluchzen und sie brauchte einige Sekunden, bis sie überhaupt zu einer Antwort ansetzen konnte.

„Oh, Gott sei Dank!", hauchte sie voller Erleichterung und wischte sich mit der flachen Hand die Tränen von den Wangen. „Und habt ihr den anderen Alpha-Helix-Träger auch gefunden?"

Plötzlich knackte das Telefon und Mary-Anne dachte schon, die Verbindung würde abreißen, doch in Wahrheit war es wohl Revenge, die Caleb das Handy aus den Händen wand und irgendetwas murmelte wie: *„Ich will es ihr sagen!"*

Neugierig hoben sich Mary-Annes Brauen.

„Mary-Anne?", rauschte Revenges Stimme. *„Bist du dran?"*

„Ja, ich bin dran. Was … was ist denn mit dem -?"

„Es ist ein Baby!“

Sie stockte. „Was?“

„Ein winzig kleines Baby. Ein Mädchen mit schneeweißen Flügeln und …“ Revenge gab ein Geräusch von sich, das sie von ihr noch nie gehört hatte. Es klang verzückt und … beinah mütterlich. *„Du kannst dir nicht vorstellen, wie wunderschön sie ist.“*

Gut, dass direkt hinter ihr ein Hocker stand, denn sonst hätten ihre Knie vielleicht nachgegeben. Die schönsten Erinnerungen zuckten durch ihre Gedanken, Calebs Geburt und das Gefühl, ihn zum allerersten Mal im Arm zu halten.

„Was ist mit der Mutter?“

Revenge zögerte kurz. *„Sie ist tot“*, sagte sie dann. Obwohl sie versuchte, einen milden Ton anzuschlagen, versetzten ihre Worte Mary-Anne einen Stich.

„Wo ist sie jetzt?“

„Bei uns natürlich. Shelley hat sie gefunden und …“ Revenge lachte und Mary-Anne hatte das Gefühl, dass sie genau in diesem Augenblick den Kopf wandte und das Baby ansah. *„… sie lässt sie überhaupt nicht mehr los. Und Hawk … - er kann es gar nicht fassen. Die beiden sind wie frisch gebackene Eltern, du wirst es kaum glauben, wenn du sie siehst.“*

Mary-Anne lächelte sanftmütig. Sie erinnerte sich genau an den Geruch von Babyhaut und das herzerwärmende Gefühl, wenn die kleinen Fingerchen fest zupackten.

Ein Baby … - Was für ein wunderschöner Gedanke! So schön, dass ihr wieder Tränen in die Augen stiegen.

„Ich kann es gar nicht erwarten, dass ihr wieder Zuhause seid, Revenge.“

„Oh, wir auch nicht. Das glaub uns!“ Sie lachte so losgelöst und erleichtert, wie Mary-Anne sich fühlte. *„Hör mal, Caleb*

macht hier undefinierbare Gesten. Ich glaub, ich soll aufhören!"

„Ja, gut. Wir sehen uns ja gleich. Was denkst du, wann ihr da seid?"

„In etwa vier Stunden, schätze ich."

„Gut, alles klar. – Ich mache Frühstück!"

„Prima, wir verhungern nämlich schon! Bis dann!"

„Ja, bis gleich."

Mary-Anne legte auf und schloss für einen Augenblick seufzend die Augen. Ihre Erleichterung darüber, dass alle gesund zurückkommen würden, war grenzenlos. Und dass sie das Kind gerettet hatten, beinah ein Wunder.

Als es an der Tür klopfte, hob sie den Kopf. Wieder glitt ihr Blick zur Uhr. Es war gerade mal Fünf und noch stockfinster. Der einzige Mensch, der um diese Uhrzeit an ihrem Haus vorbeikam, war der Zeitungsjunge.

„Wer ist denn da?", rief sie den Korridor hinab und ging auf die Tür zu, doch kurz bevor sie die Klinke fassen konnte, flog die Tür auf und schlug krachend gegen die Wand.

Die Silhouette eines Hünen füllte den Türrahmen aus und im Schein des spärlichen Lichts glänzten seine Augen steingrau. Seine Züge wirkten wild und bösartig.

Mary-Anne stolperte zurück, doch er packte sie bei den Schultern, so fest, dass der Schmerz wild in ihrem Körper aufbrüllte.

„Mary-Anne?" Seine tiefe Stimme dröhnte durch ihren Brustkorb. Er sprach ihren Namen französisch aus und hielt sie dabei in seinem unerbittlichen Klammergriff.

„Wer … sind Sie?"

Ein Lächeln spannte sich über sein markantes Gesicht, wölfisch und furchteinflößend.

„Ich bin Armand", gab er zurück.

Mary-Anne spürte einen stechenden Schmerz im Nacken. Dann versank ihre Welt in Dunkelheit.

Ende

Impressum:

Lara Steel
c/o **Papyrus Autoren-Club**
Pettenkoferstr. 16-18
10247 Berlin

Printed by Amazon Italia Logistica S.r.l.
Torrazza Piemonte (TO), Italy

30768645R00123